水曜日と、木曜日のつぎの金曜日

Wednesday, and Friday after Thursday

三嶋靖

Yasushi Mishima

左右社

あなたが、ここにいてほしい

wish you were here

今夜も純一は、いつものバーに、ひとりで座っていた。

純一のほかには、客は誰もいなかった。

年季は入っているが清潔な、間口のせまい細長い店で、それが自慢らしい厚い一枚板のカウンターに、客は横並びで座る。長いカウンターは店の奥で同じ板を継いでL字に曲がり、その短いほうのカウンターが、純一の定席になっていた。

かつて仕事仲間たちと、たむろした店だった。

三十年以上前、フリーライターになったばかりの純一は、カウンターの端、店の扉のすぐそばにしか座らせてもらえなかった。カウンターの中央は最前線で活躍する先輩たちが占め、毎夜のように議論がたたかわされていた。いま純一が座っているL字の短辺は、そのころ業界の重鎮といわれた二、三人の指定席で、「奥の院」などと呼ばれ、長いほうのカウンターが過熱しすぎると怒声がとんできたものだ。

新人時代は長いカウンターの端にへばりついていた純一は、いつしかその中央で議論に加わった。そして、さらに年月をへたいま、客の姿がすっかり少なくなった店で、かつての「奥の院」にひとりで座る、年輩の常連客になっているのだった。

「そうか、この店、もう半世紀近いんだな」

ふと思ったことが、かなり大きく声に出てしまい、カウンターのなかでしゃがみ込んで冷蔵庫の様子を見ていた店長の大沢が、立ち上がってこちらを見た。純一よりすこし歳上で、長年の知り合いだ。この店が毎夜、梁山泊のような熱気に満ちていたころ、アルバイトでカウンターに入り、のちに店を継いでマスターになったのだが、大沢の代になってからでも二十年以上が過ぎている。

「すまん、歳くうとさ、思ったことがつい口に出ちゃうんだ」

と、純一は大沢に声をかけた。昔話がしたいわけではなかった。

「そうそう、そのうち、なんでもかんでもブツブツ唱え出すぞ。こっちも冷蔵庫に話しかけてたとこだ。最近どうも結露しやがるなこの野郎、なんてよ」

察しのいい大沢は、あっさり応じた。かつて店内がかすむほどの煙草の煙のなかで、冷蔵庫といえば家電某社の社長人事はどうなった、などと大声で話題に火をつけた同業者たちの姿はない。店はとうに禁煙で、低い音量で音楽が流れ、静かに飲むバーになっているのだった。

純一も、あの騒々しかった店の雰囲気が懐かしいとは思っていない。

なのに、おれはなぜ、いつまでもこの店に来るんだろうな、と純一は思った。

同世代の多くが勤労生活のゴールに到着しつつあるいまも、純一はフリーライターの仕事をほそぼそと続けている。生活費の心配さえなければ引退したい、と思いながら。

無頼天使のようでありたい、というのが、純一がはじめから無所属の取材記者になった理由だ。世間の吹きだまりを歩き、足で集めたルポを雑誌に寄稿する。社会派を旗印にしようとは思わなかったが、書いた記事をきっかけに小さな正義が果たされることもまれにあり、そんなときは、やっぱり吹きだまりの酒場で、ひとり小さく祝杯をあげるのが性に合っていた。家族のない生活には充分な収入もあり、おれは自分にふさわしい人生を生きている、と純一は思ってきた。

しかし、純一のホームグラウンドだった、スクープ記事をトップに据えた総合週刊誌や月刊情報誌のほとんどは、勢いを失った。沸騰するほど熱くなっていっしょに飛び回った、同世代の若い編集者やカメラマンたちは、ある者は役員になり、ある者は撮影スタジオの経営者となって、とうに現場を離れていた。

いつまでも取材の前線でやれると思ってはいなかったが、記事の執筆依頼が減り、若い筆者たちを補助する裏取りやコメント集めなど、下請け仕事が多くなるのは、さすがに寂しかった。いま仕事を請け負っている、わずかな数の雑誌でも、編集長たちからして純一よりはるかに若いのだ。めったに会わない担当者からメールで仕事を依頼され、インターネットの情報を資料にするよう指示される。一秒たりとも遅れずに追走していたつもりの時代に、置き去りにされていくのを感じた。しかも、半信半疑でネット情報にアクセスしてみると、意外なほど的確な資料もあった。専門性の高い情報を個人発信して収入に結びつけている例も知り、純一は感心してしまった。仕事を選り好みせず、守備範囲の広さを売りにしてきたのに、専門知識もないくせに意固地なだけの年寄り記者と見なされつつある自分は、年貢の納めどきに思われた。

おれがしてきた仕事のやりかたは、もう通用しないな。自分で種をまくように小さく発信して、それが育つのを見るのが、これからのルポの方法なのかもしれない。どうやら、引導を渡される前に店じまいしたほうがよさそうだ――。

最近の純一は、おりあるごとにそう思うのだった。


カウンターの厚板と同じくらいどっしりした、より色の濃い木の扉を大きく開けて、ひとりの青年が店に入ってきた。

せっかく上背があるのに、それを恥じてでもいるかのように背中を曲げた、さえない姿勢だ。仕立てはよさそうな濃紺のジャケットが、もの干し竿にぶら下がった安物のウォッシャブルのように見えた。くしゃくしゃに乱れた髪に、楕円の眼鏡――しかし、眼鏡のなかの目は明るく澄み、幼く感じるほど朗らかな顔立ちだった。

純一は、慣れた観察眼で青年をちらりと見た。大学生ふうだが三十歳になるかならぬかくらいか。大学講師か企業の開発研究者だろう、と値踏みしながら、純一はふと不思議に思った。いちど、いや何度か、会ったことがあるような気がするが。

ひと目で見渡せる店のなかを、わざわざのぞくようにしたその青年は、「奥の院」にいる純一と目が合うと、「見つけた」という顔をして、そのまま純一を見つめながら近づいてきた。そして純一かどうか確かめもせず、いくぶんあわてた調子でいきなり話しかけてきた。

「あの、ぼく、このたびお世話になることになった――」

相手が初対面だろうと目上だろうと、無礼承知の突撃取材もしてきた純一は、知らない相手にいきなり話しかけられるのは、いやな気がするものなんだなと、いまさらのように思った。

すると、店長の大沢がカウンターから乗り出すように割って入り、青年にいった。

「ちょっと待った。こっちのおじさんにはさ、きみのことはまだ話してないんだよ」

大沢は、青年にも聞こえるように純一にいった。

「お前さ、歳だから引退するって話をしてただろ。財政面が心配なんで、マンションの自宅に同居の下宿人をおきたいけど、いまどきそんなの無理かな、っていってたじゃないか」

「ああそうか、そうだったたな、すっかり忘れてたよ」

純一は、大沢と青年にうなずいてみせた。

フリーライターだと名乗れば、誰でもフリーライターになれる。続くかどうかは実力しだいだ。それはいいとして、やめたといえば即座に立場も収入もなくなる。定年こそないが、定年後の線路もそこそこ敷かれているような職業ではないのだ。

かつては、つぎつぎに仕事が舞い込んだ純一は、生活設計などしたことがなく、引退を考えてはじめて、やりくりが不安になった。自宅のマンションはかなり古いが、ひとり住まいには持て余す広さなので、わずかなりと下宿料でも入れば助かると思い、大沢になんとなく相談したことがあったのだ。貸主と同居でもいいなんていう男子学生か勤労青年みたいなのって、いまどきいないよなあ、と。

忘れずに探してくれていた大沢に、すまないと思った。酔った勢いの引退宣言こそ勇ましかったが、その後は店に来るたびに、離職の不安や生活の心配をくりかえしたのだ。うっかりしていた。

「じゃ、こちらの若い人が、下宿したいっていってくれてるんだね」

大沢と青年が、同時にうなずいた。

なるほど、大沢が見つけてくれた若者なら、身元が怪しいことはあるまい。

大沢がうながした。

「きちんとした人だと保証できるが、まあ、面接をかねて自己紹介でもし合ったらどうかね。こんな店でなんだけどさ」

純一は、さきに名刺を出し、ていねいに自分の名を告げた。

「いまどき間借りの下宿をしようなんていう、若い人がいるとは思ってませんでしたから、マスターの紹介でちゃんとした人が来てくれるなら、願ったりかなったりですよ。わたしのことはだいたいマスターから聞いてますよね。あなたは、どういうお仕事なんでしょう。おいくつなんでしょうか——待てよ、まだ、わたしのマンションを見てないじゃない。あなたに使ってもらうつもりの部屋は片づいてないけど、家を見てから、決めていただこうか」

ところが、純一の隣に立ったまま、渡された名刺をかざすように見ていた青年は、純一の問いには答えず、いきなり訊ねた。

「名刺に書いてある『執筆業』って、具体的にはどういうことをするんですか」

純一はとまどった。話を聞いていなかったのかと思った。

大沢がまたしても、あわてたように話を引きとった。

「あのさ、説明しておいたようにだね、週刊誌や月刊誌の記事を書く仕事さ。社員の記者じゃなくてフリーランスで取材をして、仕事を評価してくれるいろんな出版社の雑誌に載せるわけだ」

「そうですか」

青年は大沢の説明には、まるで興味なさそうにいった。

「じゃあ最近は、どんな記事を書いたんです。この店に、なにか置いてありますか、書いた記事の載った雑誌が」

「いや、それはとくに置いてないが——」

あわてる大沢をさえぎって、純一は、やや固い声でいった。

「記事なんて、いまは書いてないんだ、おれは」

「いや、ほら、ただフリーライターだ、じゃなくて、もっと具体的に仕事の内容をさ、お前から説明してやれよ」

今夜の大沢はどうしたんだ、さっきからどうして、そう口をはさむのか。純一はむっとして大沢をにらみつけると、不機嫌な顔で青年に訊ねた。

「つまりあなたは、わたしになんの話が聞きたいんですか」

「いえ、『執筆業』とあるので、ぼくはてっきり文学のお仕事をされていると思って。だったら、お話をうかがいたいこともありますし」

「文学？　文学の話ってどういうことだね」

「それは、あの、大沢マスターが、ぼくのことは紹介ずみだと思ったんですが――ぼくはフランス語とフランス文学を大学院までやりまして、すこし前からフランス大使館の文化部で翻訳と広報の助手をしてるんです。大使館の、つぎの文化企画がフローベールの生誕二〇〇年展で、ぼくも手伝うので、ご意見を聞かせていただけないかなと思って。あの、それですね――」

純一は、隣にいるのは宇宙人だったのかと気づいたような顔で、あらためて青年を見た。青年は、純一の表情には気づかないらしく、とうとうと話しはじめた。

なんだ、自分の話ばかりして、おかしなやつだ。

口の堅い相手に取材するとき、相手がうなずきさえすれば言質が取れるとばかりに、一方的に話しまくる自分のことはすっかり忘れ、純一はますます不快そうに、青年の話の腰を折った。

「知らんよ、そんな話をいきなりされても。執筆業だとなぜ文学ってことになるんだい。しかも文学となったら、どうして誰もが、その風呂だか便所だかの話ができると思うんだね」

しかし青年は、しおれた様子も見せなかった。そして、以後も純一がときどき驚かされることになる、「どうしてそんな、わかりきったことを聞くんですか」とでもいうような、困ったような微笑を浮かべて、すぐに答えた。

「だって、文学は文章でできているじゃないですか。文章で思いを表現したものが文学でしょう。それを読み解こうとする行為だって文学ですよね。中学や高校の教科書にだって、これが文学ですよという文章が載ってます。文章を注意深く読み書きする人は誰もが、そう、誰もがですが、文学の扉を叩いていることになるんです。どんな形であれ、自分が書いたことばが公表されている人って、すごい存在だと思うんです。そういう人たちが、文学に接したことがなく、文学になんの縁もなく、書く仕事をしているなんてことは、ありえないです」

ああ、こういう手合いは、おれは苦手だ、と純一は思った。とりわけ、若いくせにこういう話しかたをするやつは。埃をかぶってない理屈ばかりこねて、いちいちそれが当然だという顔をする若者は、おれは嫌いだ。

「あ、申し遅れました。ぼくは、こういう者です。よろしくお願いします」

青年はようやく名刺を出した。といっても名前と携帯電話の番号だけを走り書きした、ただの白い紙片だった。

大使館に勤めているのに、名刺を持っていないのかね、といってやろうとした純一は、名前を見て、どきりとした。

「玻流《ハル》――これは、きみの本名なのか」

それは、純一が若かったころ、ただ一度だけ経験した結婚、いや、同棲生活の間に生まれて、すぐに別れることになったまま行方がしれない、彼のひとり息子の名だった。


まさか、そうなのか、いや、そんなはずはない。

でも、年格好からして――。

純一は驚きを気どられまいとした。

青年は、そんな純一にはあいかわらず気もとめず、こんどはいかにも楽しそうに自分の名を説明しはじめた。

「ええ、本名ですよ。マンガのキャラクターや、いまどきの子どもならありそうですが、ぼくの世代でこれが本名って、けっこう面白いでしょう。名刺にも書いてますが、横文字は大文字の『ＨＡＬ』にしました。大使館の人にはたいてい笑ってもらえましたね、どうやら、ぼくのキャラもＨＡＬみたいらしくて。これ、多少は教養のある人にはウケる自信がありますす。あ、いや、ご存じですよね」

ああ、よく知ってるよ——と、純一は心のなかでつぶやいた。

『二〇〇一年宇宙の旅』に出てくる、といっても現実の世界ではとっくに二〇〇一年は過ぎてしまったが、あの未来型コンピューター、ＨＡＬの名を息子につけたのは、おれなんだからな。人間に逆らいだしたんだが、それは純粋すぎたからで、どこか憎めない、しんみりさせるあのコンピューターが、おれは気に入ってた。そんなふざけた名前のつけかたなんて断固反対よといいながら、その漢字をあてて、いい名前だわといったのは、息子の母親の綾子だった——。

しかし、そのハルが生まれるとまもなく、純一たちは、大学生時代の恋愛ごっこからはじまって卒業後も続いていた同棲生活を解消し、ふたりの関係にも終止符をうつことになったのだった。ハルは綾子のもとで育つことになり、駆け出しの純一より綾子のほうがはるかに経済的に恵まれていたので、ハルにはそれが最善だと自分にいい聞かせながら、純一はすべてを受け入れた。

綾子の実家は、大手服飾販売会社を経営する一族の筆頭だった。会社の名はさほど知られていないが、いま傘下にあるファッションブランドをあげれば、流行好きな女性なら誰もが知っているだろう。綾子は大学卒業と同時に家業を継ぐため、ブランド運営を統括する仕事につくことが決まっていた。もちろんそれは、当時はまだ多くなかった若手女性社長への第一歩でもあった。

同じ大学で純一と知り合ったころの綾子は、そう決められている将来に、なんとか逆らおうとしていたらしい。好きなんだからいつもいっしょにいようよと、同居に熱心だったのは綾子だったし、将来は図書館で児童書を担当するの、という希望もよく聞かされた。

ところが卒業が近くなると、綾子は経済や経営の本を買い込み、熱心に読みだした。学生ながら経営セミナーへ出席し、早々と企業人脈を作りはじめもした。大学内の交流会ではじめて会ったとき、教育学部で昔の絵本を調べているといって、持ってきた一冊を恥ずかしそうに見せた彼女にひかれた純一は、その急激な変わりように驚かされた。

いっぽう純一のほうは、なぜ誰もが働かねばならないのか、というような考えの持ち主で、のんびりした学生だった。会社員や公務員になるつもりはなかったが、他人に寄食するなどもってのほかだという、つじつまの合わないような昔気質なところがあり、自由と自立を両立させるなどと、鼻息だけは荒かった。

綾子の夫になれば、生活の心配がないことはわかりきっていた。しかし、企業家一族の看板になる綾子にふさわしい存在でなければ、結婚が認められるはずがない。だとすると、縁故がない自分は、綾子の家系に連なる企業のどれかに入れられて、名目だけの役職をあてがわれるだろう。そんなのはごめんだと純一は思った。新聞社やテレビ局の記者でなく、はじめからフリーライターになると決め、学生のうちから編集プロダクションなどでアルバイトをしたのも、そうした思いがあったのだ。

卒業後の綾子は、帝王学を授けようとする父親、つまり当時の社長付きとなり、多忙な日々を過ごした。新人フリーライターになった純一も、昼夜もなく駆け回った。学生時代とはうってかわった、すれ違いばかりの生活になったが、同居はなんとなく続いていた。思い描く将来の違いが大きくなっていくのは、そのままにして。

綾子の妊娠がわかったことは、そんな暮らしを見直す機会だった。しかし、ふたりの関係は、それを区切りに、あっけなく終わってしまった。

その件について、綾子が親族と激しく争ったかどうかは、いまも純一にはわからない。そして綾子は純一に、きわめてあっさり子どもを産むと告げた。いっぽう、ふたりの関係は解消しなければならず、生まれた子どもは綾子が——正確には綾子の実家が——引きとって育てることを、静かに、しかし例外のない決定として、伝えた。

もちろん純一は、そんなことには賛成できないと答えた。しかし純一の反論は、それ以上は続かなかった。子どもができたことを知ったとき、純一は、面倒なことになったと思ったのだ。

いままで見たことも聞いたこともなかった社会の隙間に潜りこむ仕事は、たまらなく面白く、いつも綾子とふたりで、半径の小さな空間で過ごしていたのが、退屈きわまりないことに思われた。綾子もすでに大企業の上層部で、純一とはまた違った大きな世の中を見ているわけで、そこから幼い子どものある三人家族をスタートさせるとなったら、純一がなんらかの妥協をすることになりそうだった。それを純一は考えたくなかった。

綾子が純一に告げた決定はもちろん、綾子の本意ではなかったかもしれない。だが、それを受け入れさえすれば、子どもは無事に誕生させられて、仕事にも打ちこめる——まるで主体性のない打算が、当時の純一にはたらいた。子どもとともに綾子も去っていくというのに、そんな形で道を分かっていいのかどうか、深く考えず、とことん綾子と話し合おうともせず、ことが進むにまかせてしまったのだ。綾子の実家が自分の存在をほとんど無視していることに腹は立ったが、先方へひとこといってやろうという勇気もなかった。門前払いをくわされるにきまっていて、それが悔しかったからだ。いまから思えば、誰からも無視されていたのは生まれてくる子どもで、純一には自分の都合しかなかった。反対できない決定を突きつけられたという不満そうな態度をしつつ、話に乗ってしまえば、うまくおさまるかもしれない、と思ってしまった。ことの道理にはうるさいくせに、かんじんのことになると意思をはっきりさせず、自分に都合のよい展開を姑息に待つ——それが、いまだにその癖が抜けきらない、純一の大きな欠点だった。

ひとりになってしばらくしてから、純一は思った。

おれたちの生活が、あんなふうに終わることは、最初から決まっていたのかもしれないな。もしかすると綾子にとって、おれといっしょに住んだことは、寄り道みたいなものだったのか——。

純一のような、どこにでもいる学生の身上など、綾子の親族は調べつくしていたはずだ。ふたりの恋愛や同棲も、まして結婚も、本来は認められるはずがなかった。ということは、ふたりの同居生活は、綾子に与えられた、やや長い準備休暇のようなものだったのではないかという純一の想像は、あながちはずれてはいなかったのだ。事実、綾子の実家から分不相応なほどの経済的援助があったからこそ、純一と綾子が生活苦に迫られることはなく、親元を離れた自由な生活が楽しめたのだから。

もちろん、企業家一族が綾子をトップに据えるまでの計画には、その妊娠までは想定されていなかっただろうが、それが、綾子に〝準備休暇〟を終えさせる、格好のきっかけになったことは、間違いなかっただろう。

それ以後、純一はひたすらライター稼業に打ちこんだ。年月が過ぎるうちに、ときに過剰なほど執拗に取材と調査に身を入れる仕事ぶりで、純一は業界に知られるようになっていったのだった。

純一は、望めばいつでもハルに会えることになっていた。

すくなくとも純一は、目のとどくところで、ハルの父親でいられるはずだった。

ところがハルは、はじめての誕生日を迎えないうちに、綾子からも引き離されてしまったのだ。むろん純一にはなにも知らされず、ハルのゆくえを確かめる手立てがなくなった純一は、綾子に会って質《ただ》すこともかなわず、いまだに事情はわからない。

生まれたばかりのハルに、純一は会うことを怠りがちになっていた。新人ライター業が忙しかったのは確かだが、たびたび会ったところで赤ん坊の記憶には残るまい、もっと大きくなってから会ってやればいいと、ひとり決めしていたこともある。それに、会うときはいつも、綾子の親類なのか実家の使用人なのか、無愛想な中年女性に連絡して、ハルをつれてくるその女性と三人で会わなければならないのが気重でもあった。綾子がまったく来ないのも、当然と知りながら面白くなかった。

そんなある日、純一はうっかり何か月もハルに会っていないことに気づいた。決められている連絡先に電話すると、もう通じなかった。綾子と話すことは許されず、あわてて綾子の会社に電話しても、社員かどうかもわからない電話の相手から、ハルは綾子のもとにはもういないと告げられた。他家へ預けられ、ゆくゆくはその家の子どもになるということだった。驚いた純一がいくら食い下がっても、ハルの将来のためという理由で、なにも知ることができなかった。純一は、あきらめて電話を切るしかなく、とうとうそれきりになってしまったのだった。

あのときだって、おれが卑屈で、だらしなかったんだ。もっと真剣になってとことん探していれば——。

受話器を置いた瞬間を、昨日のことのように思い出しながら、純一はさっき受け取った名刺をあらためて見た。自分の乱暴な字とはちがう、ていねいな美しい字だった。

字の上手下手は遺伝しないらしいな——と思った純一は、ふと気づいた。

いや待てよ。

名前に驚かされたんで、つい年格好からしてと思ってしまったが、それだけでどうして自分の息子だってことになるんだ。だいたい、唯一無二というほどめずらしい名前でもないだろうに。そうだ、こういうとき、こっそり調べる方法は誰に聞けばよかったかな——。

が、純一は思わずそんな自分を呪った。

ばか、仕事のつもりになってどうする。

お前自身のことじゃないか。

もし、彼がほんとうに息子だったら、おれは自分で名乗り出る気があるのか。

それみろ、よく考えていないだろうが。

彼はもう子どもじゃないんだぞ、いまになって自分が本当の親だというつもりなら、知っているかぎりのいきさつを包みかくさずに説明して、煮えきらなかった態度をきっちり詫びなければならないじゃないか。

あわてるな、時間をかけて調べて、確実に親子かどうか知ればいい。もし違っていたとしても、これは、かつておれがしたことを、きっちりふり返って反省する機会なんだ——。


そのとき、店の扉がまた開き、三人連れの男が入ってきた。

ノータイのスーツ姿で、どことなく着崩れて見える。

先頭の小柄な男は五十がらみだろう。後ろの二人は四十歳前後に見えた。

近くの会社の人たちが仕事終わりに一杯やりにきたのか、見かけない客だった。

三人は空いているカウンターには座らず、一列になって店の奥の短いカウンターまできた。

先頭の男が青年の後ろから顔をのぞかせて、純一に「こんばんは」と、ぬるりとした声をかけた。

青年は、露骨に迷惑そうな顔をし、その表情のままふり返ると、小柄な年輩の男を見下ろすようにいった。

「あの、ぼくたち、いま打ち合わせ中なんですけれども」

「いえ、いいんです、はい、こちらの用件はすぐすみます」

今夜はどうして、つぎつぎに知らんやつから声をかけられるんだと思いながら、純一は、ばかに腰が低い男の目を見た。とたんに純一は、彼らが容易ならざる用件でやってきた、容易ならざる男たちだと知った。

純一はいそいで青年にいった。

「ちょっと申し訳ないけれども、マスターに飲むものを頼んで、あっちのカウンターですこし待っててくれますか、すぐすむよ、おごるからなにか食ってもいい」

すると青年は、あっさり身を引いて長いカウンターの遠い側へ移ると、大沢と熱心に話しはじめた。

この店によく来ていたらしいな、すくなくとも大沢とは縁があるわけだ——そう思いながら、純一は訪問者に目を向けた。

小柄な年輩男は、薄笑いを浮かべた。

「ずいぶんと弊社について、お調べになっておられますね」

男は続けた。

「このままですと、うまくないことになると思うんですがね」

あらためて観察すると、シャツのわざとらしい飾り襟もスーツの肩も、浮き上がったように身についていないその男は、まるで会社員らしくなかった。

おや、もうとっくに、脅されるような取材はしなくなっているんだが――男に席をすすめもせず、純一はだまったままでいた。

「条件さえ合えば、恨みっこなしのきれいなケジメをつけるかただとうかがってます。相場もよくご存じだそうで、ここはぜひそちらから、まあ、そこそこの額をおっしゃっていただいて。荒っぽいことは苦手なもんですから」

それを聞いて、純一も薄く笑った。

さっき、どんな記事を書いているか聞かれて、おれは、むかっ腹を立てた。いまの仕事のほとんどは、掲載記事を書くんじゃなくて、ネタ集めや裏取りだからだ。書いているといえないのも悔しかったが、それより近ごろのおれは、仕事でみみっちいことをしている。うしろめたいところを突かれた気がしたんだ。

純一はごく最近になって、情報を集めているときいくつかの企業から、少額ながら出所のはっきりしない金品を受け取っていた。

公表される記事とは関係なく、たまたま別のちょっとした噂を知ることがある。それを表沙汰にしない暗黙の了解の印に〝車代〟が渡されることがあるのだった。

たとえば半年ほど前のこと、記事のテーマには関連がないし、知ったとて広める気もない噂を知った。ある有名企業の社長が愛人問題を抱えているという噂話だった。直接取材もしておらず、耳にはいったきり確かめてもいない。ところがどこで純一のことを調べたのか、その会社から企業案内と製品パンフレットを送るといってきた。不審がりながら届いたものを開けると、それなりの額の商品券が同封されていた。

これまで純一は、いかなる形でも〝車代〟を受け取ったことはなかった。引退を考えたことで、にわかに現実的になった収入の不安が、さして足しにもならないものに手を出すことにつながったのだ。

いかん！

純一は、ひどい自己嫌悪にかられた。

いかにいいわけしようが、いまのおれは会社ゴロじゃないか。

会うことはないと思っていた息子に出会ったかもしれないんだぞ、それも、お前が捨てたも同然の子どもにだ。もしほんとうの息子だったら、昔のおれのだらしない態度を謝らなきゃならん。それが、再会したとたんに、あいかわらずだらしなくて下劣なおれの姿を、見せることになるじゃないか。くそ、もっと早く仕事をやめていれば、こんなやつらと顔をつき合わせることもなかったんだ。

そうか、いい機会じゃないか。こんな形でずるずる仕事を続けるのはやめよう。なによりまず、うしろめたい思いを引きずってちゃいかん。

純一は小柄な年輩の男に、相手の社名も正確な用件も聞かず、静かにいった。

「なんのお話かわからんですね。最近は取材も調査もしていないんですよ。引退しましたんで。ご心配にはおよびませんから、このままお帰りいただいてけっこうです。よろしくお伝えください」

似合わない飾り襟の男は、「そうでしょうか」と疑わしそうにいった。

「ずいぶん弊社にご執心だそうですがねえ、わからないふりなんて、やり手のかたらしいですなあ。ね、だまし合いは、なしでお願いしますよ」

そういって男は、ようやく自分の名刺を出した。受け取った純一は社名を見て、その会社が使っている名刺じゃなく、そこらのハンコ屋で作った代物だなと見抜きながら、きわめてよく知っている社名を、ふたたび見た。

そうか、たしかにおれは最近この会社の社内問題を、個人的に追っている。記事にするつもりはないし、まさかゆする気などないが、これればかりは、引退しようがどうしようが調べあげて、その会社に突きつけてやるつもりだったんだ。

その会社とは、かつての同棲相手でハルの母親でもある綾子がいま代表取締役になっている、高級服飾ブランド企業だった。

純一が調べていたのは、幹部社員の自殺をまねいた、経営上の失敗だ。

ビジネス誌の仕事で、一般的な現象としてのサラリーマンのストレスについて下調べを依頼された純一は、たまたま、綾子の会社で、元は経営陣の一員だった社員が自殺していたことを知った。元重役だが、そのときは社長室に籍だけ置く閑職にあった年輩社員だ。遺書らしいものは残さなかったという。

その元幹部社員は、純一の大学の同窓生だった。学生時代に話す機会はなかったが、交流会や部活に積極的で明朗な人気者だとは知っていた。綾子が率いる服飾企業に入社した経緯は知らず、卒業後に出会う機会もなかったものの、学生時代の行動力のままに重要部門を統括する要職に早々に抜擢され、いまではすっかり恰幅がよくなっているとは聞いていた。

なのに、その役職を解かれて自殺したということは、本人の問題でなかったなら、原因はひょっとして社長の綾子にあるのではないか。

それが気になった純一は、個人的に事実関係の調査に乗り出した。

公式な取材と偽って、直接に会社に近づくことはできなかったし、裏口のやりとりに応じる社員を見つけるのは、さらに困難だった。かといって、有力な根拠もなく、長年会ってもいない綾子に直談判する気には、どうしてもなれなかった。亡くなった原因が、会社とは関係のない私的事情でないかどうか確認するために、いまさら学友づらをして、同窓生たちや故人の親族などをつつき回したあげく、彼らを傷つけるだけに終わったら、と思うと調べは難航した。

それでも、純一はほぼ真相をつきとめていた。

亡くなった元幹部は、社長つまり綾子本人の、経営を左右するほどの大きな判断ミスの責任を取らされていたのだ。いや、その元幹部の統括部門ではない事業の失敗だったので、責任を押しつけられていたといったほうがいい。処遇を社長室付にしたのは、よけいなことを外へいわないよう、監視しているように思わせたつもりだったのだろう。


「あのね、こういうやつには、そんなことじゃ効きませんよ」

三人のうち、もう一人の、いやに固太りの男が、最初の男を押しのけるように耳ざわりな声で割り込んできた。

純一は、声を荒らげずに、誰にいうともなくいった。

「暴力はむだだよ、おれは慣れているから」

何年記者をしていても、取材相手が傷ついたり怒ったりするのを見るのはつらかった。じつのところ、強面で来られるのも苦手だった。純一の冷静な受け答えは、たいていは虚勢でもあった。

ところが、さいしょに声をかけてきた小柄男が、固太りを止めながらあわてて周囲を見回し、こういった。

「暴力だなんて、人聞きの悪いことをいわないでくださいよ。あんたに、きちんとお願いに来ているんでしょうが。つまりね、あんたの身になにかあったら、つらい人もいると、そうお伝えしたいわけですよ、わかりますよね」

「いや、なにをいっているのか、わからんね。とにかくおれは、おたくらが代理で来てるらしい会社のことを、なにかの形で公表しようとか、よからぬ動きをしようなんて、いっさい考えてないよ。心配だったら、今夜からおれを尾行したり盗聴したりしてもいい」

こういう輩を動員する者は、本人を傷つけるより、その弱みにつけ込んで脅すことを、純一は知っていた。今夜会ったばかりのあの青年に累が及ぶとは考えられないから、「つらい人もいる」とは、綾子のことでしかありえない。つまりこれは、会社の不祥事をもみ消そうとして、社長の綾子がやったことじゃなく、綾子の背後にいて、おれと綾子のことを知るやつがしたことだ。いったいどういう仕組みになっているんだ、あの会社は。

「わかった、あんたたちの話は了解した」

純一は、なおさら冷静に、男たちに向かっていった。

「近いうちに、社長と話をさせてくれ。社長と一対一で話す。だからって社長にはなんの怨恨もない。おれの話を社長本人に伝えたらこの件は終わりで、おれはいっさい動かないから心配するな。そう伝えれば会社に確実に通じるから、あんたたちも余計な労力を使わなくてすむ」

純一は、あらためて自分の名刺を出した。

顔を見合わせている二人の男に、三番目の男が急いで近づき、注意をうながした。

店長の大沢が、こちらをときどき見ながら、スマートフォンを手でおおってなにか話している。警察かどこかに電話をかけているふりだ。昔、店内で面倒を起こす客を追い出すために、よくやった手だ。

三番目の男は、そちらへまた目をやると、早口でいった。

「いやどうもお騒がせしてしまったようで。こちらもね、会社のことですから。仕事ですからね。お話は確かに承りました。後日、社長室から直接に連絡させますんで」

その男は、身を乗り出して手を伸ばすと、純一の名刺を引ったくるように受け取り、残る二人を引きずるほどの勢いで細長い店内を扉へ急ぎ、出ていった。


純一はあらためて、カウンターの向こう端に座っている青年と、大沢を見た。

青年は、なにごともなかったかのように、チキンライスを食べていた。

電話を置いた大沢は、フライパンを洗うと、さっきのようにしゃがんで冷蔵庫を調べるふうだった。しかし、カウンターの底から純一を鋭く見ると、深くうなずいてみせた。立ち上がり、一心に食べている青年をちらりと見ると、こんどは純一にまっすぐ向かって、くりかえし、うなずきながら近づいてきた。

「大丈夫かね」

「ああ、なんでもない。それより、あの彼だけど……そうなのか」

純一は、低い声でいった。

大沢はまた、うなずいた。

「確実だとは、まだわからん。彼にも、そのことについては、なにも話してない。けどな、ほぼそうだろうと思っている」

店以外で会ったことはないが、長いつき合いで純一のことをよく知っている大沢だった。

純一は、ささやいた。

「会ったことがあるような気がしたんだ。店によく来ていたようだけど、それは気づかなかったな。以前から知り合いなのか」

「ああ、学生時代から、たまに来てくれていた」

「彼が、おれの息子かもしれないということは、どうやって知ったんだ。最近のことなのか」

「それは、いま説明してしまわないほうがいいだろう」

「どうして」

「おれは、たまたま彼がそうらしいと知って、きっかけを提供した、というだけにさせてくれ。お前から何度か聞いているいきさつからすると、本当に息子かどうか確かめることからはじめて、これまでの空白は、お前が自分で埋めていくべきだろうと思うからだ」

「そうか、下宿の話に彼を誘い込んだのは、大沢、あんたの企みなんだな」

「あのな、下宿人を置きたいといったのは、お前だぞ。ちょうどいいと思ったのは確かだがな。問題は、彼がなにも知らないまま下宿させていいかどうかってことだ。お前からきちんと申し出て、本当のところを確認してから同居するかどうか決めたほうがいいかもしれんな」

純一の困惑は大きかった。あまりに突然すぎた。しかし、ひそかに調べて自分だけが真実を知るというのは、フェアでない気がした。かといって、どこか世間知らずというか、いっぷう変わったところもあるあの青年に、どう切り出せばいいかは、見当もつかなかった。純一は大沢を恨めしげに見た。すると大沢はまた、深くうなずいてみせた。

よし、と純一は思った。

都合のいい考えかもしれないが、なにもいわずに共同生活をはじめてみようじゃないか。おれの家を見て気に入らないようなら、なんとかいいくるめて下宿させる。たがいの気心が知れたところで、おれたちは親子かもしれないんだ、確かめたければ確かめよう、と提案するんだ。もし気が合わなかったら——いや、あわてなくていい。ともかく、いっしょに住んでみるんだ。もし、血縁がなかった場合は、それはそのときじゃないか。

翌週からハルは間借人になり、同居生活がはじまった。

まもなく綾子の会社から連絡もあった。社長室長だという男が、本社へ綾子を訪ねるよう、日取りを設定してきた。純一は、バーに現れた男たちのことは話さず、そのかわり彼らに告げた条件を、あらためて確認しておいた。

そんな案件を抱えたままハルを自宅に住まわせることに、わずかに不安はあったが、綾子と会うまでには、策を練って体勢を整えられるだろうという気持ちもあった。それより、ハルにいつどのように話をきり出すか、そうした場合、彼が血縁を確認することに同意するかどうかという問題もあったが、自分の息子かもしれない青年と、とつぜん暮らすことになった事態にスリルのようなものも感じて、純一は、仕事ではめったに経験しなくなっていた、いきいきした気持ちになった。

ところが、ハルとの生活は思ったより起伏にとぼしかった。

ふたりともほとんど外で仕事をしているから、深刻な話をはじめられるほど、顔をつき合わせる機会がなかった。やや広いとはいえマンションなので、たがいの領土は重なったが、約束したわけでもないのに紳士的な境界が守られてもいた。生き別れになっていた子どもかもしれないと思いながら同居することは、かなりの感傷を招くはずだったが、そういうことは、やはり小説や映画のなかのものなのだと、純一はあらためて悟った。

ハルには、もちろん両親がいた。彼が本当に純一の息子なら、生まれて間もなく預けられた養家の夫婦と想像されたが、大使館での仕事のことなどを話すハルが、ごく自然にその両親の話もするのを聞くと、自分が本当の親かもしれないんだと告げることは、純一にはますますむずかしくなった。仕事の取材のときにするような「引っかけ質問」を、そういうことをする自分にうんざりしながらも、いくつかしてみたが、やはりハルは、純一の過去のことは、なにも知らないようだった。

そもそも純一には通勤がないし、ハルも非常勤の嘱託だというので、いっしょに過ごせる時間は多そうに思われたのだが、引退することを決めた純一の店じまいと身辺整理は、思ったより繁忙だった。いっぽうハルも大使館から命じられる仕事に四苦八苦していて、作業を持ち帰るほどのようで、共通の休日も少なかった。向かい合って話せるのは、ふたりとも家で夕食ができるときぐらいだったが、そういっても食膳は、ハルが「糧食《レーション》」と名づけた、スーパーやコンビニで買ってきた惣菜を、べつべつの酒を飲みながらつつくようなものだった。

ハルにはじめて会ったとき純一は、苦手なタイプの若者だと感じた。しかし同居したからには、理解に苦しむところをむしろ楽しみながら、彼のことをすこしずつ知っていこうと、意識して気持ちを切り替えた。

ところがハルは、初対面のバーで披露した突発性のおしゃべりや理屈屋ぶりは、すっかりどこかにしまい込んで、なにに気をつかうのか、食卓では注意深く選んだらしい無難な話題をするだけになっていた。

それでもハルとの夕食が、純一は好きだった。

「どうもおれは、料理ってものをしたことがなくてね」

買ってきた惣菜のラップを破きながら、純一はハルにいってみた。

「仕事に明け暮れてたころは、きみのいうレーションってのか、兵糧みたいなもんでも腹持ちすりゃいいと思ってたからな。でもな、べつにうちでこんなものを食わなくたって、そこらの居酒屋か、大沢の店にいったっていいんだぞ」

「それは、割り勘ですか」

と、ハルは、しばらくぶりに彼らしい返事をして、純一を笑わせた。

「ばかいうなよ、おれのこれからの生活は、きみの下宿代を財源にせざるをえんところもあるが、大沢のチキンライスぐらい食わしてやれる持ち合わせはあるさ。高級なレストランに今夜つれていけっていわれると、ちょっとむずかしいけどな」

「いや、いずれも大家としては店子にサービス過剰ですよ。それにぼくはこの、糧食ディナーってけっこう楽しいんです」

「そうはいっても、きみの親御さんは、きみにこんなもの、食わしゃしなかっただろう」

「そうかもしれませんが、ぼくの両親は、ちょっと過保護すぎるところがあったと思います、ぼくに対して」

よかったじゃないかハル、ご両親がそういう人たちだったおかげで、ここまで天真爛漫に育つことができて。もしお前がおれの息子だった場合は、おれは、お前のいまのご両親に礼をいわなければならないな。将来もし正式な大使館員になったとして、あるいは嫁さんをもらうなんてときに、その「天然」というのかね、そういう性格がどこまで通用するのか、おれにはわからん。最初はおれも苦手に感じたよ。でも大沢の店で、ああいう下等な連中とやりとりしたあとで、こういうつき合いをしてみるとな、お前みたいなやつが、これから世のなかにもっと増えればいいのに、という気がしてならなくなって——。

「あの、今夜はちょっと、ご意見を聞かせてもらえ——ああいけない、しまった」

と、ハルが髪をかきむしったので、純一はわれに返った。

「おう、なんだい」

「いや、ダメです。しまったな、自分でわかってるんです、空気が読めないというか図々しいというか、いつまでたっても社会常識が身につかないんだ、ぼくは」

「あのさ、ここは社会じゃなくて、おれの家だぞ。聞きたいことがあればすぐ聞けばいいじゃないか。といっても、きみのほうがおれよりよほど、もの知りだけどな」

「ひどいなあ、それにしてもしまったぁ。でも気にしすぎるとぼくは、ふつうに話すこともできなくなってしまう」

「それはいいからさ、なにが『しまった』なんだ」

「だって、はじめてお目にかかったとき、『ご意見を聞かせてもらえたら』って、えらそうにいっちゃって、怒らせてしまったでしょう」

純一は吹き出した。こいつ、気づいていたのか。

「あのな、初対面でフロなんとかっていわれたら、誰だって困るだろ？　じゃあ、あのときのことを気にして、この家で気を使うようになったのかね」

「ええ、まあ」

「おれごときの家で、そんな気の回しかたをしてたら、腹が痛くなるぞ」

「それなら、ちょっと教えてほしいというか――」

ハルが聞きたがったのは、大使館のパンフレットに載せる、一般来館者むけの案内文の書きかただった。

「長い文じゃないんですが、いくら書き直しても担当者がＯＫしないんですよ」

「どこが悪いっていうんだい」

「それが、はっきり指示されなくて。担当者は大使館の文化アタッシェで、フランス人なんですけどね」

「おいフランス語じゃ、おれは役に立たんぞ」

「いえ、もちろん日本語で書きます」

「じゃあ、フランス人に難癖つけられる筋合いはないだろう。だいたい大使館の文化部門に派遣されてますなんてやつらは、諜報部の工作員と決まってるんだからな」

「そうなのかもですね」

と、ハルは微笑んだ。

「なにしろ担当者は、確実にぼくより日本語ができます。日本の古典や近代の文学を、あなたとぼくを合わせたよりたくさん、日本語で読んでいるかもしれません」

「そうかい、フランスのインテリにも困ったもんだな。いいから、最後にダメをくらったのを見せてみな」

ハルはうれしそうな顔をして、部屋からプリントアウトを持ってきた。純一はそれを読みながら、赤の筆記用具を持ってくるようにいった。

「あのな、これじゃおれもＯＫせんな」

赤ボールペンを手にとって、純一はいった。

「これを読むのは誰かね。つまり誰のために書くんだ」

「えっと、大使館に書類手続きやイベントなんかで来て、パンフレットを持って帰る人ですね」

「じゃあ、おれみたいなやつも読むわけだな」

「はあ」

「はあじゃないんだ、見てごらん。きみは出だしをこう書いて、後をこう続けたろう。話の流れもおかしいが、書き始めがひどい。人類拒絶モードで書いてるじゃないか」

「人類拒絶！　そこまでダメですか」

「宇宙人語だよ、文明が未発達な地球人は読めなくていいって文章だ。なまじっか知識が多いから必要十分に書いたつもりか知らんが、ふつうの人が読んだら、むずかしすぎてさっぱりわからんぞ。ことばのつながりはちゃんと書けてるから、ほれ、ここは削ってさ――」

純一は、慣れた手つきで赤ペンを動かした。

「すごい、すごいですね、ぼく、そんなの、はじめて見ました」

ハルは声をあげて目を丸くした。大使館勤務の青年が、夜店の手品にくぎづけになった子どものように見えた。

「そうかね、それほどたいした手直しじゃないけどな」

「いえ、だって文章を反対側から見て、さかさにペンで書いて」

純一は苦笑した。

「なんだよ、おれの指導が素晴らしいってわけじゃないのか」

食卓の向かい側に座っているハルが読める向きに原稿を置いてやり、純一の側からは天地がさかさまの状態で、囲みや矢印を書きつけてやっていた。それをハルは、トランプ手品でも見るように、一心に見つめているのだった。

「さあ、注意も書いといてやるから、赤字を見ながら初めっから書いてみな。できたらそのまま担当者に見せるんだ。それで文句をいうようだったら、おれがそいつの正体を暴きにいってやる。文化アタッシェだなんて、スパイの常套手段を使いやがって」

ハルは楽しそうにまた微笑した。

「じゃ、やり直してみます」

と、部屋に入ったかと思うと、あわてて飛び出してきた。

「えっと、あの、ありがとうございました、勉強になりました」

食卓にひとり残った純一は、ハルが部屋でせわしげに打つキーボードの音を聞きながら、スーパーのトレイに入ったままの佃煮を、箸でそっとつついた。


翌日、純一は夜やや遅く帰宅した。

ある出版社の役員を訪ねて引退の話をし、かつて世話になった礼をいったところ、飲みに誘われたからだ。

とうに廃刊になった週刊誌でその昔、ライターの純一を酷使した編集部員だった役員は、出版不況や会社の不振を語り続けた。ハルの報告を早く聞きたい純一はたちまち腰が浮いたが、健康を気にしているという役員も、かつてのように夜っぴて店から店へと純一を引き回すようなことはしなかった。

酔いもさして回らず帰ってみると、ハルは食卓にいた。ハルはあてがわれた部屋以外、必要がなければ使わないと決めているらしかったので、見慣れない光景だった。

純一は冷蔵庫からミネラルウォーターを出し、湯呑みに注ぎながらハルの前に立った。

「あの――」

と、ハルはなぜか、おどおどした態度できり出した。

こちらから原稿の結果を訊ねるのもてれくさく、ハルが話すのを待とうと思っていた純一は、そのようすを不審に思った。

「ぼくが聞きたいことは、聞きたいと思ったとき聞いていいいんでしたね」

「そうだよ、なんだね」

「大沢さんのバーで、からまれていたでしょう。背広の三人に」

「そうだったかな。あれは取材のちょっとした行き違いだ。それがどうしたんだ」

「あの人たちの会社を調べていたんですよね、その調査はどうなったんでしょう。取材記者の仕事は引退するということでしたが、調査も途中で終わるんですか」

「うん、そうだよ、記事を載っけてくれそうな雑誌もないしね」

「そうではないですよね、仕事とは関係ないんでしょう。その会社で重役だった人が自殺したことの内情を調べて、会社に突きつける気なんですよね。比率の話におき換えてはいけませんが、その会社は規模が大きいですから、仕事のストレスで自殺してしまった社員は、ほかにもいたかもしれません。けれど、あなたはこのところその、重役だった人の自殺のことを、とり憑かれたように調べていますよね。しかも自分の調査結果を持ちこんで、そこの社長に直談判しようとしているじゃないですか」

「おい待てよ、どうしてそんなことを知ったんだ。それはおれの守備範囲のことで、きみが知らなくていいことだ」

「すみません、お気づきかどうか、あなたはこの家では、仕事関連の資料をまとめてしまっておく習慣がなかったようです。きょう大使館で原稿を見せたときの報告を、食卓で考えていたら、ほらこれが、みんな見えてしまったんです」

いかん、ハルが正しい、と純一は思った。資料やメモをそこらじゅうに置き散らかし、思いつきをあちこちに書きなぐる癖があるが、たしかに食卓にも、資料やメモを載せたままだった。「調査を早くまとめて対決すること!」などと、おだやかでないことを書きつけたメモパッドまで見えている。ハルはきちんと自分のテリトリーを守っているのに、おれはいままで通り、散らかしっぱなしにしていたんだ。

それでも純一は、声を荒らげた。

「それは、許されないことだぞ」

しかし、ハルはひるまなかった。

「でも、ご自分でおっしゃってましたが、仕事はぜんぶやめて引退するんじゃなかったんですか。ぼくをこの家に下宿させる理由だって、おやめになるからではなかったんでしょうか」

だめだ、理詰めになったらこの青二才に、たちまちいい負かされてしまう。

「大きな声を出して悪かったよ。記事にはしない自分のための調べだから、きみも見たっていいさ、すまなかった。この調べものにはね、個人的な思いがあったんだ。自殺したのが同じ大学のやつだったんで、感情的になって、熱心に調べていたんだよ。事件取材の仕事で情緒的になってしまっちゃ商売になる原稿は書けない。仕事じゃないんだ、自分を納得させたくてやっているんだ」

「そうですか、しかし同窓生さんへの思いがあるとすると、そこのメモパッドにあるとおり、会社への殴り込みは決行するわけですか」

「ぶっそうないいかたをするなよ。メモ書きはね、昔からの癖だ。取材したネタを原稿に書くとき、自分を鼓舞するわけだよ。週刊誌やスポーツ新聞は、記事にセンセーショナルな題をつけるだろう。ライターのおれは、あらかじめそういう感情的なタイトルを想定するわけさ。その勢いで書くぞと、メモしておく習慣なんだ」

くそ、感情的になってはいい原稿にならんと、いまいったばかりだろうが。なんのいいわけにもなっていない。純一はあわてて、ハルのほうの原稿を話題にした。

「そんなことよりどうだった、きみの原稿さ、担当者に見せたか」

ハルは、ほとんど食卓に伏せるほど背中を丸めて、考えているふうだったが、顔をあげると、軽くこういって苦笑した。

「バレちゃいました。おっしゃったように、担当のフランス人は諜報部員でしょうね、たちまち見抜かれました」

「バレたって、なにがバレたんだ」

「読んですぐ『誰に書いてもらった』って、叱られちゃいました」

「シラを切ったか」

「ぼくが、ぜんぜん機転がきかないことは、ご存じですよね」

ハルは、あの「どうしてそんなわかりきったことを、わざわざ聞くんですか」という微笑を浮かべて——純一はいつしか、それを見るのが楽しみになっていた——はっきりとこう告げた。

「だから正直にいいましたよ、父に書きかたを教わりました、って」

だまっていてはいけない。

なにか、いわなくては。

しかし純一には、ことばが見つからなかった。

「つまりきみは今回の間借りの話、おれと同居するってことを、おれがその、なんだということも知っていて――」

「知ってました、すみません」

「大沢はなにも話してないといってたが、あいつから聞いたうえでのことなんだね」

「いいえ、大沢さんからは直接にはひとことも。あなたが店に昔から来ていたことを知ったのは、もちろん大沢さんを通じてですが、きみの本当の親御さんかもしれない、なんて話はありませんでした。たとえ客にプライバシーを聞かされても、それをやたらに話したてる人ではないですし、そういうのはバーのマスター失格ですから」

「でも、大沢がいなかったら、こうはならなかったわけだろう」

「大沢さんから、うちの常連さんに下宿人を探している人がいるんだけどね、とても前に妻子と別れたきりの人らしいんだ、という話をされたんです。そのときは、ふうん、と思っただけだったんですが、あなたの名を聞いて、ちょっと驚きました。そこで大沢さんに誘導尋問をかけて、あなたのいきさつを知るほどに、どうやら……と思ったんです」

「じゃあ、きみはもっと前から、おれのことを」

「ぼくの歳になれば、こういうことを知る機会はいくらでもあるじゃないですか」

「調べたのか」

「名前を知っただけです。どこでなにをしている人かは、知ろうとは思いませんでした。そもそも、両親のぼくへの態度は変だと、かなり小さいころから思っていたので、自分は養子で、ほんとうの両親がいて、という事実を知っても、驚かなかったくらいです。それでいまの両親に、ほんとうの親のことは別にして、ぼくがいまの家にくることになった経緯だけは、ざっと聞いたんです。ぼくがおとなになったら、話す気でいたようですし」

「大沢は、どうやって知ったんだろうな」

「あなたほどではありませんが、ぼくもけっこう前から、大沢さんの店にいくようになっていて、ふと、身上を話してしまったことがあるんです。大沢さんは、あなたの話も聞かされていたでしょうから、これは、と思ったんじゃないでしょうか」

ハルは、立ったままの純一に「座ってください」といいながら、自分は立ちあがり、冷蔵庫から自分で買ってきたペットボトルの緑茶を出した。

「両親は、どこか過保護すぎるっていいましたよね。きびしいんじゃないんです。野放しといっていいほど自由にさせてくれるんです。ところが、ただ放っておくんじゃなくて、気味悪いほど気を使うんですよ。父は謹厳実直を絵にかいたような人で、母は心配症のかたまりみたいな女性です。まあ、似合いの夫婦なんですが、だったら子どもにだって、箸の持ちかたがおかしいとか、勉強しろの進学がどうの、就職はどうしたって、うるさくいうはずでしょう。ところが、ぼくがとっぴょうしもないことをしても、あるいは世間なみのことをなにもしなくても、びくびくしながら見ている感じなんです。なんでも買ってくれましたし、まるで、こわれものを預かっているような感じでした。ぼくは成長するにつれ、つい両親を試したくなって、不良じみたことこそしなかったけれど、わざと変わったことや、むちゃなことをするようになりました。そのうちそういう、おかしな態度が板につくというか、身についちゃって」

ハルは苦笑しながら、はじめて会ったときの明るい目で純一を見た。

「だいたいですね、ぼくの名前ですよ。小さい子どものころ、自分の両親のどこからこんなものが出て来たんだろうって思ったときが、疑いのはじまりだったかもしれないくらいです。それで、ぼくの本当の親は、大沢さんの店に来ている出版関係の人らしい、と知ったとき、この歳になってはじめて、自分の名前に納得がいきました」

純一は、名前を決めたときのことを話した。ハルは、ちょっと首をすくめた。

「そうですか、ぼくはやっぱり、あのＨＡＬだったんですね。これからは日本語のときもアルファベットでファーストネームを書かなくっちゃいけないな」

「ところで、大沢は、ずいぶん親身になってくれてたんだな」

「機会があったら話しますが、ちょっと同棲なんかしていた昔の彼女を、結果としてあのお店でぼくに紹介したことになるのが、大沢マスターなんです。大沢さんの店、以前はもっとよくいっていた、っていいましたよね。大沢さんは重要人物ですよ、ぼくにとっては」

「おれと、よく店で出くわさなかったな」

「それ、あったと思いますよ。ただ、あなたが来るのはいつも、かなり遅い時間だったでしょうし、たがいになにも知らないときに、たがいを意識するはずがないです」

「で、こんな形で知ったというわけか」

と、純一はつぶやいた。

するとハルは、手にしたペットボトルを軽く振って、純一をおかしそうに見た。

「いやいや、まだわかりませんよ」

「わからないって、なにが」

「ぼくたち、おりをみて鑑定ってやつをしようじゃないですか。こうなったからには、科学的にもはっきりさせないと」

「科学的にか」

「そう、なにしろぼくは、HALですから」

思わず笑った純一を見て、ハルはおだやかに顔をほころばせた。

「ああ、やっと深刻な顔じゃなくなりましたね。誤解してほしくないんです、ぼくたちのことを。いまここで、ああ父よ！　息子よ！　なんて、おかしいですよ。すくなくともぼくには『お父さん』としてのあなたの記憶は、どこを探したってないんですから。それに、いまの両親は、ぼくがここで、こうしていることは知りません。本当の親子でないことを、ぼくに聞かれて伝えるのも苦しかったでしょうから、このことまで知るのは、かわいそうな気がします」

「そのとおりだ。おれは、ご両親に合わせる顔はないよ。いや、なによりまず、きみにあやまるのが筋なんだ。でも『すまなかった』だけでいいとは、とても思えなくて」

「そこへ話を持っていかないでください。謝罪なんてまったく期待していません。それより、なぜぼくがここに下宿する気になったか聞かないんですか。考えてもみてくださいよ、いまどき間借りの下宿なんて、学生でもあまりしないでしょう、それも縁もゆかりもない年輩の人と、いきなりマンションで同居だなんて。ぼくは社会性に欠けたところがあるかもしれませんが、いちおうは社会人ですよ、おかしいじゃないですか、それこそ親子でもない限り」

純一は笑いながら、ハルのペットボトルをとって茶を自分の湯呑みに注ぎ、空になったハルのコップにも入れた。ハルは軽く、しかしていねいに目礼し、説明を続けた。

「さっきいった女の子との同棲を解消してから、大使館に通勤するのにどこへ越そうかと考えました。やっぱり、ちょっと変わった、世間常識とずれたような住みかたをしてみたかったんです。そこまではまあ、ぼくらしい発想でした。ですが、あなたのことを知り、しかも下宿人を探していると聞いたとき、あなたと暮らしてみたらどんな結果になるか、ものすごく興味がわいてきたんです」

「じゃあ、こうなった感想を聞かせてくれるか」

「いや、まだ結果じゃありません。始まったところです」

「だったら、おれは、どうすればいい」

ハルはまた、あの表情を浮かべた。

「これは、ぼくが勝手に設定した、ぼく自身がどうなるかっていう実験なんですよ。とても大きなことが起きると、連続した日常が、いやおうなく中断されて、がくんと変化するじゃないですか。大きなできごとというと、悲しいことに、たいていは災害や不幸なんですけどね。その結果として人はどういうところへ向かわされるのか、それをぼくは体験しなくちゃと、ずっと思ってきたんです」

「自分を変えたいっていうことかね」

「かならずしもそういうことじゃありません。人生経験を積みたいとか、危機的なことに強くなりたいって話じゃないんです。ぼくはこれまで、なにごとにつけ〝美しくて正しいこと〟を考える人間でした。いっとき、わざと周囲とちがうことをするようになったって話しましたよね。自分がどこから来たのかわからなくなって、なにも信じられなくなったからなんです。だったら、ぐれたり悪事に走ったりする手もあったんですが、暴れているだけというのは、バカげていると思ったんです。ある時期〝勉強おたく〟みたいになったのは、そのせいかもしれません。フランス語を意地になったようにやったのも、フランスって美しい思想を生んだ国なんでしょっていう、青くさい思い込みからだったんです」

「よかったじゃないか、フランス大使館に採用されるほどになったんだし」

「年次契約の助手ですけどね。そういえば大使館の仕事に応募したのも、今回のあなたとのことほどではないけど、べつのちょっとした事件がきっかけでした。それでここ何年かのあいだに、ぼくのような者が生きていくためには、もっと〝事件〟に出会って、とりあえず身を投げ込んでみることが必要だと思うようになったんです。気づくのがかなり遅かったですが。ぬるい環境に慣れすぎてしまって」

「それは、きみが人に恵まれていたってことじゃないのかね。ご両親もそうだが、いい人たちに囲まれていたってことじゃないかな。きみのような境遇の子どもが、いや、すまん、その境遇を作ったのは、このおれだが、ともかくそういう子どもがひねくれずに、直球の正論をたいせつにして生きてこられたんだから」

「いまのぼくの両親はべつとして、ただの〝いい人〟であるというのが、いちばん困った存在になりうることは、あなたは、お仕事をつうじて知っていませんか」

「なるほど、それはそうかもしれん。いいたいことはわかるよ」

「自分のアイデンティティの見つけようがなくなったかわりに、ものごとの筋だけは通したくて、とにかくぼくは〝いい人〟であろうとしました。それは周囲の人や世間になじめない

〝正論くん〟になってしまうことだったんです。ところがですね、いつごろからだったかな、『正論くん、出番だよ』っていう感じで、ぼくが受け入れられてしまうような、おかしな時代になってきてしまったんです。求められるものだから、ぼくなりに、なにかいったり行動したりしてみましたが、しょせん〝勉強おたく〟がやる、役立ちそうもないことですよ。みんな、ぼくの変なパフォーマンスを見たいだけだったんでしょうね。それを面白がって見て、かんじんの問題は棚上げってことのくりかえしなんです。嘘だらけなんですよ」

ハルは眼鏡をはずし、しわくちゃのハンカチを出して拭きながらいった。

「これも、おわびしなくちゃならないことかもしれませんが、文学の質問であなたを困らせてしまったあと、あなたがどんな記事を書いてきたか調べたんです。無記名の仕事も多かったでしょうが、署名記事をいくつか探し出して読みました。おおむね裏街の無頼派ふうの書きかたでしたが、いっけん乱暴な文章のなかに〝美しくて正しいこと〟がしばしば含まれていることがわかったんです。筆者が自分の親であるらしいことが、ますます興味深くなりました」

「そりゃ、買いかぶりすぎだよ、おれのことを」

「具体的に美しいとか正しいとかいうことばが書いてあったわけじゃありません。あなたも、意識して取材したり書いたりはしなかったはずです。そんなのくさいぜ、とかいって。でも間違いなくあったんです、美しくて正しいことが。自分がもう考えられなくなっていたことが、あなたの記事にそれとなく書かれていた。あなたが探して見つけては書いていたんだ、と思いました。ぼくにとっての地図が、すでにあったように感じたんです。だから、ここに下宿してみようという思いは、なおさら強くなったわけです。それもあって、心配になってしまったんですよ。あなたはひとりで、その会社と全面対決する気なのかなって。素人のぼくには、あなたがなにをする気なのかも、そのやりかたもわからないですが、引退記念にちょいと騒がせてやるかって程度なのかな、とも思いました。でも、バーの三人組のことがあるし、あなたは自分にけじめをつけるつもりで、あなたが大事にしてきた、ものごとの筋道を通すために、自分の身になにか起きても構わないとまで思って――」

こんどは純一が立ち、新しいグラスをふたつ持ってきた。そして食卓に乱雑に並んだ飲みさしの酒瓶を適当にとって注いだ。

「昔の記事をわざわざ探して、そんなふうに読んでもらえるなんて、おれのようなフリーライターには望むべくもないことだ。ありがとうな。でもな、深読みしすぎだし、考えすぎだよ。今回ぐらいのことで駅のホームから突き落とされるなんてことはないさ。そこの社長を呼び出して、お前の会社はメチャクチャだぜって、ガツンといってやりたいだけだ。そりゃあ引退記念の最後の一撃かもしれんけれども、せいぜい最後っ屁だな。そこの切り抜きの写真を見ろよ、ババアのくせに美人社長とかいって出しゃばっているやつを、ちょっとばかりへこましてやるのは、面白いじゃないか」

しかし純一は、ハルのことばにまた、だまり込むことになってしまった。

「でも、その社長はあなたの、もとの奥さんでしょう」

「そうか、つまりきみは、なんでも知ってるんだな」

「あなたは、もとの奥さんに、なにか恨みでもあるんですか」

「あるといえばある。ないといえばない」

「あるほうを、聞かせてもらうわけにはいきませんか。ぼくのことに関係があるんじゃないですか」

「いや、そんなことは心配しなくていい。でも説明を聞いて安心するなら、うまく話せるかどうかわからんが話してみるよ、酒はこれ一杯にしとこう、コーヒーをいれるから待ってくれ」

純一はキッチンに立ち、片手鍋で湯を沸かした。

緑茶のペットボトルは冷蔵庫に入れ、かわりにコーヒー豆をとり出す。専用のスプーンで二杯とり電動ミルで挽いた。ペーパーフィルターをセットし、沸いた湯でカップや器具を温める。沸騰した湯を少しずつステンレスの計量カップにとり、静かにドリッパーに注ぐと、温かい香りが静かに漂った。

「ここに来てからいつも思うんですが、わざわざ凝ったことをしますね」

「儀式的な手順がいいんだ。ていねいにきちんとするほど、混乱した思考が整理される、なんちゃって。ほかに趣味もないからな」

純一は棚をかき回し、この家には菓子ってものはないんだなとつぶやくと、続けた。

「きみはさっき、女の子と同棲していたことがあるといったろう。いや、その話はいつか、きみが話したいと思ったらすればいい。大沢からどう聞いたか知らんが、おれたちも同棲していたんだ。きみの本当の母親とは、結婚はしていなかった。もと奥さん、でもいいかもしれないが、ちょっとちがうわけだ」


かつて、こんなふうにコーヒーをいれているとき、食卓の向かい側には綾子がいた。

というより、ちゃんとしたコーヒーがあるといいね、といい出したのは綾子だった。

落第しない程度に大学の授業に顔を出し、最寄り駅周辺の再開発でつぎつぎに開店したおしゃれな店をのぞく。そうでなければ日がな家にいて、それぞれ本を読んだり、昼間からテレビを見たり、なんとなく抱き合ったりする学生時代だった。

とうとうなにもすることがなくなると、ダイニングテーブルに向かい合って座り、微笑み合ってみたりもした。綾子にいわれたのでコーヒー抽出の道具を買い揃え、焙煎店で教わった手順でやってみると、純一はたちまちそれが楽しくなり、挽きかただの湯の温度だのと凝りだした。綾子はいつもだまってコーヒーができ上がるのを待っていて、うれしそうな顔をするのだった。

「おれたちは大学で出会って、いっしょに暮らすようになったんだ。おたがいのことが気に入ったからいっしょにいたい、それでよくって、たがいの生まれも育ちも将来のこともどうでもよかった。自慢することじゃないが、おれはきみのように勉強熱心じゃなく、こうして取材記者になったんだが、もともと社会のできごとには、なんの関心もなかったんだ。学生のくせに、のんびりした同居生活ができたのは、綾子の実家から援助があったおかげだったのに、おれときたら、綾子が実家に戻っていまのような大社長になるスケジュールのほんの一部に組み込まれていただけとは、気づきもしなかった」

純一は、綾子が同族企業を継承することに積極的になって実家に戻り、生まれたハルは綾子が引きとると決まって、自分たちの関係が終わったこと、そしてまもなくハルが、現在の両親のもとへいくことになったらしいことなどを、知っているかぎり説明した。

「すまないが、これ以上のいきさつも、こうなった理由も、おれは知らないんだ。きみが生まれたとき、もっと積極的に行動を起こすべきだったと思う。しかし、あのころのおれは、どことなく引け目もあって固まってしまった。なりゆきにまかせる卑怯な態度だった」

「あなたがそうなった原因を、あえてたどるとしたら、結局のところ、もと奥さんや、その実家のせいなので、なんとなく恨んでいるということですか」

「そうかもしれない。でもそれじゃ綾子の立場がないな。あいつなりに悩んだり、抵抗したには違いないんだ。すくなくともきみのことについては。当時のおれは、ありていにいえば彼女とその実家に養われていたようなものだから、恨んでいるとしたら、おれの逆恨みなんだろうよ」

学生時代の同居生活があれほどおだやかで楽しかったのは、経済的な心配がなかったからだ。コーヒーひとつとっても、純一が自分の財布と相談してはじめたことではなかったし、駆け出しライターになってからも、収入を気にせず面白そうな仕事に飛びつけたのは、純一が家計を支える必要がなかったせいだ。いま思うに、天下国家を論じる評論者より、小さい正義にこだわる収集家でいようと思ったのは、ひょっとすると綾子への面当てがあったのだろうか。

「いかんな、綾子がどう考えていたかを抜きにした話になっちまったし、これじゃ、きみの立場もないな。くそ、きみのような理論派の前では、お恥ずかしいというしかない」

ハルはおかしそうに笑った。

「いえ、ぼくは立場を主張しませんよ、そのとき赤ん坊ですから。でも、ぼくをこの世に存在させてくれてありがとうって気持ちには、なりませんけどね」

「すまない」

純一は息子に向かって頭を下げた。

「よしてくださいよ、さっきもいったじゃないですか。ぼくたちは、いまメソメソし合う関係じゃないはずでしたよ。それにいま聞いた話は、たしかにかなり奇妙で、理不尽な感じがしますが、すくなくともぼくが、いわゆる〝修羅場〟の結果ここにいるのではないという点は、評価の対象になります」

「すまん」

と純一は、またいった。

「それにしてもですね、もと奥さんも悩んだり苦しんだりしただろうとは、もちろん思うんですが、同情しきれない問題もあるような気もしています。あなたの同窓生さんが亡くなった問題について、社長である、もと奥さんの口から真相と謝罪を聞きたいという考えをお持ちなら、ぼくはそれを実行することに基本的には賛成なんです」

「そうかね、なんだかいまのおれには、自分が本当にやるべきことなのかどうか、よくわからなくなってきているんだが」

「ちょっと説明が足りなかったたな。あなたが追及しようとしているできごとと、昔のぼくのことが、なんとなくつながっているように感じるんですよ。ひとりの人に対して、なぜそこまでのことをしてしまうのかっていう——だから、ことの真相をすべて、ほかならぬあなたに解明してほしい気がするんです。ぼくの問題についていうと、たしかにもと奥さんのほうにも、思うようにいかなかった事情も、つらい思いもあったに違いありません。でも——あちらのいいぶんを聞きもしないで決めつけてはいけませんが、ぼくからすれば、もと奥さんは、どうもぼくを担保にとろうとしたんじゃないかっていう、いやな感じもするんですよ。ぼくが生まれたことで実家に離縁状を叩きつけて、あなたとぼくとの三人の生活を作ろうとはしなかった。そして、赤ん坊のぼくを手もとにおくことで、実家に対して有利なポジションを得たかったんじゃないかと、疑ってしまうんです。この子のために、みたいなことをいえますから。ところが結果としては、このぼくはなんの主張もできず、実の両親にもあっさり見放されて、ただ誰かさんの都合だけで、べつの家にやられてしまったわけですよ」

純一はうなだれた。そして、それぞれのコーヒーカップに、食卓の上のボトルからウイスキーを注ぎ足した。カップのコーヒーに少しずつ入れていたのだが、カップのなかは、すでに酒のみになっていた。

ハルは続けた。

「ちょっとお話しした、ぼくの同棲相手ですが、じつはぼくのほうでも、妊娠したのしないのというできごとが、あったんですよ」

「ほう」

純一は、あらためてハルをまじまじと見た。ハルはてれたそぶりも見せずにいった。

「妊娠ではなかったので、ひと騒動で終わったんですが、それをきっかけに、好きほうだいに生活していたぼくは大使館の仕事に応募して、いまの助手になったんです。子どもができるという事態がとつぜん起きたことで、自分でも信じられないほど自然に、親として着々と働いて子どもを育てなくっちゃという気持ちになったんですよ」

「あのな、ちょっと聞きづらいんだが、出産をやめることは考えなかったのか」

「逆に聞きましょう。あなたは、ぼくを〝やめる〟ことは考えましたか」

「それは――」

いや、ハルに対しては、なにごとも正直でなくてはいけない。

純一は、答えた。

「申しわけないことだが、子どもはいなくなってくれたほうがいい、と思ったことはある。自分の都合しか考えていなかった。見放されたといわれたが、それもこれも、ひどい話だ」

「ぼくたちの場合は、生まれさせないという選択肢は、考えてもみませんでした。そして、妊娠という事実はないとわかった後でも、ぼくは自分に起きた結果を、そのまま生きてみようと思ったんです」

「そうか、それはいい決断だったな。でも、その彼女とはどうして続かなかったんだ。いや、まあそれはよけいな質問だ、話さなくていい」

「いえ、よけいじゃありませんよ。そういうことを白状させたいのが親の心理ってもんですからね」

顔をしかめた純一を、ハルは面白そうに見ながら話した。

ハルと、かつての彼女もまた、大学生時代に同居生活を始めたのだった。当時のハルの「世間知らずの正論くん」ぶりは徹底していたし、猛烈に勉強したかと思えば、だらしなさをきわめたような生活をして平気でいた。ところが彼女は、まるでその正反対をいく常識派だったのだ。

「それでケンカばかりしていたかというと、ちがうんです。変にバランスがとれていたんでしょうね。ところが、子どもができたわけではなかったのに、ぼくがそのまま、彼女より社会的常識派になって、大使館で外国語の仕事をするような人になったわけです。さっきもいいましたが年次契約の嘱託ですけどね。まあ一般論でいえば、めでたしめでたしです。ところが彼女は、そのころたまたま、自分が大事にしてきた常識観からそれるような将来を選ぼうとしていたんです。絵描きになりたいというんですよ」

「いいじゃないか、夫が大使館員で、妻が絵でも描いてるってのは、いい取り合わせだよ」

「あのですね、性差別に聞こえる話しかたは控えたほうがいいですよ。ともかく、彼女はもともと、絵本作家になりたいという夢を持っていたらしいんです。なのに、ひどく強迫的に世間の常識を優先する生きかたをしてきていました。ぼくより年上なので、さきに大学を出て、ひどく迷ったあげく美術専門学校に通い出したんですが、悩むばかりで、絵が描けなくなってたんです」

「スタートが遅すぎるとか、専門学校じゃなくて美大じゃなきゃいかんのじゃないかとか」

「ご明察です。芸術と関係ない一般論にとらわれきってました。そこへもってきて、常識批判ばかりして世間並みのことはなにひとつしなかったぼくが、とつぜん器用に立ち回る常識人になってしまったと感じたんでしょう。彼女が、これから世間体をかえりみない芸術家になるから生活面は引き受けてねと、もしいったら、ぼくはイエスといいましたよ。でも、そんなことはいい出せなかったんだろうな。置いてきぼりにされた気がしたか、それまでのぼくが芝居をしていたように思えたのかもしれません。どちらにしても同居を続けるかぎり、ぼくと顔をつき合わせていなければいけませんから」

ふと純一は思った。どこがと、はっきりとはいえないが、おれたちは似ているような気がするな——。

「無理に同居を続けるのはやめて、そのときから彼女には会ってないんです。でも、わたしたちは終わりよとはいわれていないので、ぼくとしてはパソコンのスリープ状態みたいなつもりでいるんですが」

純一はうなずいた。

「ぼくの話はこれくらいにしましょう。お渡しするものがあるんですよ。もと奥さんの会社にいくって計画ですが、ぼくにも、お手伝いする資格があるんじゃないかと思って」

ハルは自分の部屋にいって、いつも持っているキャンバス地のショルダーバッグを持ってきた。そしてまた純一の向かい側に座ると、うれしそうな顔をして、また微笑んだ。

純一は思った。

ハルは、おれじゃなくて、母親似なのかもしれないな。


「これを持っていってください」

といいながらハルは、くたびれたショルダーバッグを取り上げて、破れかけたフラップを開くと、黒い無骨な固まりを取り出した。そして、その重さを扱いかねるかのように上づかみにしたまま、ごとりと音をさせて食卓の上に無造作に置いた。

それは一丁の拳銃だった。

「おい、こりゃいったい、なんだ」

純一は剣呑《けんのん》な目でハルを見た。

「見てのとおり拳銃ですよ。大沢さんの店で、やばい目にあったばかりじゃないですか。ジャーナリストの正当な調査を拒否するために、乱暴者を送り込んでくるような会社に乗り込むんだとすれば、これくらいは持っていかないと。受付にいったら、どんなのが出てくるか、わかったもんじゃありません」

驚いて純一はいった。

「いや、そうじゃない、対決しようってんじゃないし、相手は有名企業だぞ。それより、きみはこんなものをどこで――まさか大使館で、なにか裏のつてを」

ハルは、心から面白そうに笑って答えた。

「フランス人には優秀な拳銃を作る能力はなかったみたいですよ。これはオーストリアので、各国の警察も使ってるガンらしいです。撃ってみましょうか」

そういうなりハルは、ショルダーバッグから出したときの持て余しぶりが嘘のような敏《びん》捷《しょう》さで、右手で銃把《じゅうは》をつかんで拳銃を取り上げるや、左手を添えて伸ばしざまひねり、銃を正眼に構えると、真向かいの純一に向かって引金を引いた。

純一が叫び声をあげる間もなく、音はせず銃口が白く光り、ブローバックして薬莢が飛び出した。

純一は、はじかれたように立ち上がった。テーブルにぶつかり、乱雑に置かれたワインやウイスキーの瓶が倒れた。いったいなんのつもりだと、激しく叱る声が出かけたのを、純一はすんでのところで、のみ込んだ。

ハルは、得意そうな顔をした。

「ね、よくできているでしょう！　ぼく、いまの撃ちかた、練習したんですよ」

「なぜ、こんなことを」

息をついて訊ねた純一に、ハルは答えた。

「こうすればあなたから、憑きもののようなものが落ちるかと思ったんですよ」

それを聞いた純一は、なぜか泣きそうになった。

それをごまかすために、純一は精巧なモデルガンを取り上げて、細部を見たりスライドを動かしたりしてみた。

「ほんものじゃないからって、こいつは日本じゃ違法なんじゃないのか」

「そうですね、そうかもしれません」

「そうかもって、こんなもの、どこで手に入れたんだ」

ハルは、純一がもうすっかりなじんでしまった、なぜそんなわかりきったことを聞くんですか、とでもいうような例の笑みを浮かべたが、すぐに真面目な顔で答えた。

「大沢さんの店ではじめて会ったあなたが、あんな三人組に迫られるような人だなんて、とても驚きました。なにか、はったりが効くものを持っていてもらいたくて、すぐにインターネットで探しました。さっきの撃ちかたは、動画メールで教わったんです」

「心配してくれたのはありがたいが、やり過ぎだよ。こんなものが通販でかんたんに買えるのか」

「まさか。おもちゃのモデルガンならともかく、怖い人たちが見ても、ほんものと間違うような品は、ちょっと裏道をいくことになりました」

「裏道だって」

「たいしたことじゃありませんよ。高校生がネットで、ほんものの武器を手に入れてしまえる時代じゃないですか。日本語と英語とフランス語ですこしばかり書き込みしてみたら、どんどん釣れましたよ、マニアックで教え好きな人たちが」

純一はあきれて首をたれた。そして、そのままの姿勢でハルを見ずに聞いた。

「おれが綾子の会社にいって、本人に会おうとしているのは確かだが、殴り込みまがいのことをするってのは、とんでもない誤解だよ。きみにそう思わせてしまったのは、おれがいけない。しかし、きみの思い込みにせよ、おれのためにこんなものを手に入れてくれて、お守りに持っていかせようとするなんて、どういうわけなんだ」

するとハルは、うつむいたままの純一にいってきかせるかのように、ゆっくりと小さな声でいった。

「だってぼくは、あなたの身内かもしれないじゃありませんか」

純一は、思わず顔を上げてハルの目を見ながら、つぶやいた。

「まったく、お前はどこで、そんな言葉をおぼえたんだ」


社長室はさほど広くなく豪華でもなかった。上層階の角部屋で、外壁にあたる部分はほぼ全面が窓だが、ビルデザインのモダンな輝きとはちがって、部屋は内装も地味なら花瓶ひとつなかった。有名企業の社長室で取材した経験もある純一には、意外だった。そのかわり広い窓からは、高級ブランドショップが並ぶ街区のにぎわいや、この本社ビル専用の、純一も通ってきた美しいプロムナードが一望できた。

綾子は、窓とは反対側の壁を占めるファイル棚を背に、ガラス天板のデスクについていた。棚には書類綴じがぎっしり押し込まれ、デスクには天板が割れそうなほどプリントアウトやカタログ、決裁箱などが雑然と置かれていた。それらは綾子が飾りものでない、業務監督にきびしい経営者であることを示してもいた。

落ち着いたグレーのツイードのスーツに、立て襟の白いブラウスの綾子は、有名ブランドを多数抱えた服飾販売会社の代表らしい装いだった。しかし、経済誌に紹介される美人社長の写真と同一人物とは思えないほど、髪をひっつめて化粧っ気のない、疲れた顔をしてもいた。

「お話はなんですか、というべきなんでしょうけど、とりあえず、久しぶりね」

かつての面影は薄れたが、綾子の声は昔のまま柔らかく響いた。語尾をすこし持ち上げる、懐かしい話しかただった。

純一は気勢をそがれて、だまって綾子を見た。

ふたりの部屋を出てから一度も会わなかったが、あらためて対面すると、会見の目的が果たせなくなるような、よけいな記憶や感傷が押し寄せるかもしれないと純一は思っていた。そこで、いい逃れの余地がないような、簡潔明瞭な自分の調査レポートを用意してきた。それを突きつけて先手必勝で押し切り、綾子に責任と非を認めさせるつもりだった。

しかし、いまの綾子の印象と、自分の耳に響く声からよみがえった記憶は、純一にこう自問させずにはおかなかった。

お前は綾子に、なにをいわせるつもりで来たんだ。たまたま同窓生だった元幹部の遺恨を晴らすためじゃないし、いまさら綾子の社長としての資質を問うつもりもないんだろう。ハルのことを問い詰める気でもない。お前だってハルを見捨てた両親の片割れなんだからな。ほんとうは、昔のように綾子にちょっかいを出して、困ったり、ふくれたりするのを見たかっただけじゃないのか、おれは、綾子のそういう顔が好きだったんだから――。

純一がだまったままでいることは気にしない様子で、綾子は自分の前に置いたファイルを取りあげてみせた。社用のしゃれた薄いファイルがガラスの上に浮き上がるのを、純一はぼんやり見た。

「ここに、あなたがわたしに話させようとしていることは全部書いてあります。基本的には、あなたが調べたとおりの話だと思うけれど、いま読みますか」

純一は、だまってうなずき、応接セットに勝手に座った。席を立ってきた綾子は、ファイルを応接テーブルに乗せ、そのまま扉へいって「お客さまのお茶はどうしたの」と、秘書室に向かって、ややきびしくいった。

薄いファイルに綴じられた短い記述も、純一が用意した書類と同様に簡潔だった。そして綾子がいったとおり、大筋は純一の調べ通りだった。

新規ブランド展開に熱心で、それを成功させて順調に会社を成長させてきた綾子は、近年は服飾以外の分野に手を広げた。外国人観光客の激増を背景に、高級志向のリゾート事業を開始したのだ。観光開発企業を買収し、業界各社から引き抜いた人材を牽引役に据えた。

しかし、その事業は手痛い失敗に終わった。寄り合い所帯の新規部門がまとまらず、収益事業化できずに引き際を誤った綾子が続けた巨額の追加投資が、本体の屋台骨を揺るがすようになった。

そのとき、まさに「奥の院」から鶴の一声が発された。とうに引退し高齢ながら、ときに問答無用の決定をグループ全社に堅守させる、綾子の父からの指令だった。

綾子を社長として温存するため、新事業が形式的に属していた部門に、撤退発表とメディア対応、さらには引責までもが命じられた。その部門のトップが、自殺に至った純一の同窓生だった。遺書がなかったのは事実で、自殺の理由が会社にあると断定はできないが、同族企業の外様役員とはいえ、あまりに理不尽な処遇と、新聞の経済面やビジネス誌で「戦犯」扱いされ、本来の仕事でも遠目で見られることになった苦痛には、人知れぬ耐えがたさがあったに違いない。

純一はファイルの資料の最後に、綾子の署名があるのを見た。

そして、やはりだまったままで、ファイルを閉じた。

「必要なら、そのまま持っていって。記事にしたかったらしていいわ」

純一は思わず綾子のほうを見た。

「そこに書いてない話もまだあるわよ、あなたの好きなスキャンダルが」

「いや、もういい。ここで無理にでもいわせようと思っていたことは、すべて書いてあった。調べには苦労したが自分が要所を押さえていたこともわかったよ。社長室との電話で約束したとおり、この件は終わりだ。おれはもうなにもしない。まあよけいな口出しだろうけど、おれはいいとして、イメージが大事なこういう会社にしたら大問題だし、経営陣の進退にも影響しかねんから、おれのようなやつが嗅ぎ出してひっかき回す前に、きちんとしとくんだな。亡くなったやつの遺族への対応もやり直すとしたら、場合によっちゃ訴えられるかもしれんが」

「わかっています。それより、なぜわたしが際限なくお金をつぎこんだか、知りたくないの」

「成功経験しかなかったんで、負けを認められなかったんだろ」

「それもあるでしょうね。でも別の理由も大きかった。あなたの好きな話というのはね、わたし、ヘッドハンティングした、ずいぶん歳下の新事業担当者と関係があったのよ」

応接セットからすこし離れたデスクで、こめかみを揉んでいる、おれとさして歳の違わない綾子がか、と純一は思った。

「しかも不倫でね。こちらはひとり身だけど、あちらには、もっと若い奥さんも子どももいること、もちろん知ってた」

ふうん、綾子もいま独身なんだ、と純一はぼんやり思った。亡くなった元幹部には悪いが、もともとの問題の帰趨《きすう》には、まったく興味を失っていた。

「その男に成功をプレゼントしたくて事業費を貢いじゃったって感じよ。笑えるでしょ、もしあなたが監査役かなにかだったら、欲求不満ならホストクラブにでもいけって叱ってくれたでしょうに」

綾子が微笑んだので、純一も小さく笑って応じた。

「さて、話はこれでおしまいだ。あとのことは、おれには関係ない、といいたいが、亡くなったやつが成仏できるようにこの会社が動くことは期待するよ。おれはね、きょうで引退するんだ。ケチなことに手も出してきたけど、これまでの仕事にまつわることは、なにもかもやめる。だから約束も守る。そっちも、おれや、おれの周囲で面倒を起こさないと約束してくれ」

綾子はうなずいた。

「長いこと会わないうちに、すっかり世慣れた人になったのね。でも信じてほしいことがある。あなたを脅して調べるのをやめさせようとしたのは、わたしがしたことじゃなく――」

「わかってる。どう見ても、ここの社員らしくないご一党にお訪ねいただいたとき、すぐにわかった」

「ありがとう。じゃあこれでもう、お目にかかる機会はないわね」

「そうだな、まあ頑張れよ――なんてことは、いえた義理じゃないけどな」

純一は席を立つついでに、冷めた茶をがぶりと飲んだ。席を立って広い窓の外を見た綾子は、やはり昔を思い出させる声で、こういった。

「あの子、どこかで元気でやっているの」

「いや、おれは知らんよ」

純一は、茶にむせないよう注意しながら答えた。

「おれは、赤ん坊のとき何度か面会したきりだ。よそにもらわれると聞いて、行先を教えろとゴネたが、しつこく迫れずに引き下がった。あのときは、自分になにかいえる資格はないと思ったからだ。それっきりだよ。そっちは消息ぐらいは知ってるんだろ」

綾子は、こちらを見た。

「知らないのよ。本気で自分で育てるつもりだったし、あのときのわたしには、わたしなりに考えていた未来があったんだけど、あの子を、あっさり取り上げられてしまって。あの子のためだとくりかえされて、調べる気をなくしてしまった」

その「未来」って、いまなんとかすれば実現するものなのか、と純一は思った。しかし、口には出さなかった。綾子はふたたび窓の外に目をやり、続けた。

「わたしの将来は、早いうちから決められてしまっていたわ。不良少女してみたり、婿になれる条件なんてこれっぽっちもない相手と同棲してみたり――ふふ、ごめんなさいね――その程度の抵抗なんて、したってしかたなかったのよ。わたしも、そんな環境にあらかじめ染まっていたんでしょうね。本気でそこから出ていこうとはしないで、スタートラインからトップに立てる恵まれた立場を受け入れさえすれば、あのころの女性にはまだむずかしかったことが、なんでもやれそうな気持ちも出てきてしまったのよ」

「ああ、知ってるよ。社長業の予習に、えらく熱心になりだしたからな」

「そのかわり、でもなかったけど、子どもができたことは、わたしの未来にかかわる大きな事件だったわ。生まれてくる子どもは、未来に縛られてしまったわたしに、想像もできなかったべつの将来、わたしの親族がぜんぜん考えていない未来を、いつかもたらしてくれるかもしれないと思った。だから、あの子は大切にしたかったのに――」

いずれにせよ、その未来には、おれはいなかったし、これからもいないんだよな――と、純一は心のなかでつぶやいた。この部屋にいるおれは、あと何分かでこれまで同様に、きみとは縁がない存在にもどるよ。

「じゃ、これで帰るわ」

「エントランスまで送るわ、せっかく訪ねてくれたんだから」

綾子は扉を開け、どうぞと純一を出すと、自分も社長室を出た。秘書室を通り抜けながら、不安げに腰を浮かしかけた秘書たちを目で制し、エレベーターホールへ出て自分でボタンを押した。

エントランスを出るまでの間に、いき合う若い社員はみな、綾子にではなく純一へ軽く礼をした。これは綾子の「しつけ」なのかな、と純一は考えた。

綾子は受付の電子ゲートをいっしょに出て、エントランスの巨大な自動ドアまで、純一といっしょに歩いた。

「じゃ、ね」

やはり語尾があがる柔らかい口調で、ごくあっさりいわれたそのひとことを、心に刻みつけた純一は、綾子は取締役会でもこんなふうに話すのだろうかと、ふと思った。


純一が大通りへ続くプロムナードをなかほどまで来ると、

「おおい！」

と、やや離れた、プロムナードから大通りへ出るあたりで声がした。

「お父さぁん！　ぼくですよ！　ハルですよぉ！」

あたりかまわぬ大声で叫んでいるのは、例の紺のジャケットに横縞のネクタイ、そしていつもの汚いショルダーバッグを肩にかけた、ハルだった。

「おおい！　ハルですよ！」

と、彼はしつこく、くりかえした。

純一が驚いて立ち止まると、ハルはそそくさと近づいてきた。そして破れかけたショルダーバッグを開けると「せっかくハルが用意したのに、忘れていっちゃだめじゃないですか！　お父さん！」と、ことさらに大きな声でいいながら、例のモデルガンを純一に押しつけた。

純一は、それを持てあました。

「いやもういいよ、持っていくつもりはなかったんだ、ありがとな。話はちゃんと終わった、ぜんぶ終わり、問題なしだ。ハルに話したいこともできたから、いこうや」

純一は、モデルガンを持ったたまふと、社のエントランスを振り返った。

綾子が、驚いた顔で呆然と立っていた。ハルがわざと出したに違いない大声が聞こえたのだ。しかし綾子は、こちらへ来ようとはしなかった。エントランスを出入りしていた社員たちが、不審げに綾子のそばに集まり、こちらを見ている。

ハルは急にささやくような声になった。

「ぼく、うその用事をつくって大使館を抜け出してきたんです。ほら、あなたのためにせっかく手に入れたんじゃないですか。さあ、あなたの、もと奥さん、やっつけちゃってくださいよ、ぼくのためにも」

そういってハルは、ごくさりげなく、綾子を見た。

「いや、きょうはさ、そういう展開じゃなかったんだよ、あとで話すから」

といいながら、純一はしかたなく綾子のほうを見て、目が合うと、軽く肩をすくめながら、綾子に向けてモデルガンを構えた。

綾子の周囲の社員たちから、悲鳴があがった。

「おいハル、まずいや、こんないたずら、誤解されるに決まってるじゃないか、やめとこうぜ」

純一はすぐにモデルガンを空へ向けて、トリガーを引いた。音はせず銃口が光り、薬莢がカチャッと横へ飛び出した。

ハルはその薬莢をキャッチしようとしたが、運動神経は鈍いらしく、あたふたしたハルをすり抜けるように、薬莢は固い歩道に落ちて転がり、鈴のような美しい音を立てた。

ハルはあわてて薬莢を追いかけ、しゃがみ込んで拾うと握りしめた。そして、そのまま息をはずませて純一を見上げた。

「暗殺者って、撃ったら薬莢は拾って帰るんでしょう!」

純一は、目をしばたたかせて答えた。

「ああ、そうだろうな」

「それって、けっこうエコだなって」

「ばか、それは現場に証拠を残さないためだ」

するとハルは、意外にすばやく飛び上がるように立つと、純一に駆け寄って「早くそのモデルガンをぼくに。さあ、走りましょう」とささやいた。

気づくと社のエントランスから、スーツ姿の男や警備員らしき者たちが、かなりの数ばらばらと出て、こちらへ向かってくるのだった。

「おいハル、ついて来い、大通りへ走ってタクシーを拾おう」

「だめですよ、それじゃすぐ、つかまっちゃいます」

「じゃあ、どうするつもりだ」

「さっきからぼくを、はじめて名前で呼んでますね」

ハルは楽しそうに、にやりとした。

「ぼく調べておいたんです、逃走経路ってのを」

ハルはいきなり走り出した。純一はエントランスに背を向け、振り返ることなくハルの後を追った。

前をいくハルの姿に、純一は苦笑した。手も足もばらばらにばたつかせる、奇妙な走りかたで、陸に上がったアメンボウのようにハルはぎくしゃくと走っていく。髪はますます乱れ、破れかけたキャンバスバッグが腰のあたりでばたついていた。

　何度めかに曲がったところで待っていたハルに追いついた純一は、息切れと笑いにむせながらいった。

「あのな、逃走経路はいいがハル、お前えらく目立ってるぞ」

　ハルは、その大げさな走りかたとはうらはらに、息も荒らげず静かにいった。

「いいんです。ぼくは、こういうことがしてみたかったんです。できれば子どものころに」

　そういうと、ハルはまた走るかまえを見せた。

「さあこっちです。あのコンビニの角を右へ曲がると、地下鉄入口の真ん前に出るんですよ。ネットでアクション映画の場面を見て、追っ手をまいて列車に飛び乗るやりかたも研究しておきました」

「いやいいよ、もういい。べつに犯罪をやったわけじゃないんだ」

「じゃあ、あっさりあの会社のやつらに捕まって、袋だたきにされるか、それとも、もと奥さんの前に、負け犬みたいにひっぱり出されたりしたいんですか」

　純一が答える間もなく、ハルはまた走り出した。

「おおい、待ってくれ、急に無理させるんじゃないよ」

　と純一は叫んだ。そして、いつの間にかズボンから飛び出してしまったワイシャツの裾をだらしなく上着の下にはためかせながら、ハルとほとんど同じくらい不器用に、その後をどたどたと走っていった。

雨の日の自画像

a rainy day portrait

おや、あの若い女の客、またきたか。

収一は、店じまいしようと大型写真プリンタの電源を切りかけた手を止めた。

「プリントなんでもレッツフォト」――私鉄支線の小さな駅前に、わずか十店舗ほどがほそぼそと生き残った商店街で、収一は家業の写真館を継いだ店主だった。

子どものころからカメラには自然と興味を持った。しかし写真館を継ぐ気はなく、店の仕事を教えたがる両親からは逃げ回っていた。高校を出て写真専門学校に入ったことを父親は喜んだが、家業に役立つ営業写真コースではなく、コマーシャルフォト科を選んでいた。カメラの操作には自信があったので、ファッションや広告の写真を撮り、華やかな業界で、儲かるカメラマンになりたかったのだ。

あれほど嫌いだった写真館の仕事をするようになったのはなぜか、収一にはいまだによくわからない。同級生には、現役カメラマンの講師に声をかけられて、在学中から助手になりプロへの道を歩み出す生徒もいた。彼らに実力で劣っているとは思えなかったし、ほめられることもよくあったが、収一は講師の誰からもアシスタントに引き抜かれず、撮影スタジオの採用試験にもことごとく落ちてしまった。仕事が決まらないまま卒業し、いまさら就職活動する気にもなれずにいたとき、入園や入学など春の記念撮影で忙しい写真館をふと手伝った。そのまま、三十年以上がすぎているのだった。

誕生、入学、卒業式や成人式、そして結婚、葬儀と、写真館が人の生涯を記録して地域に寄りそった時代は、父の代で終わった。

デジタルカメラや携帯写真の登場で、記念撮影を頼む客はめっきり減った。そのころ父親が、七五三の記念写真を路面のショーウインドウに飾ったことがある。すると、客の了解はあったのに、幼児の写真をみだりに掲示するなという、名乗らない電話があった。商売下手で、客を撮るとき愛想もいえない父親が、自分の代での廃業をはっきり口にしたとき、店の番頭のようになっていた収一は、後継者になることを決めた。

もっとも収一は、写真館をそのまま続けるつもりはなかった。セルフプリント機をメインにしたプリントショップに切り替えることにし、写真機器メーカーにいるかつての同級生を訪ねて機材を揃えた。父の自慢だった写場はつぶして店舗を広げ、日曜大工も加えて改装したのち、渋る父を説き伏せて店名も変えた。

しかし、リニューアル後の繁盛も長くは続かなかった。写真はスマートフォンやタブレットで見るものになり、プリントを注文する客もたちまち減っていった。舵取りに迷うまま撤退にも踏み切れず、収一の「プリントなんでもレッツフォト」は、うすらさびしい商店街にへばりついたままでいた。

いま、五十歳を過ぎた収一に妻子はなく、ひとりで店の二階に寝起きしていた。朝昼は商店街のはずれの、といっても駅から歩いて二、三分の、コンビニエンスストアで買ったパンや弁当を食べ、夜は近場にひとつきりの居酒屋へ行った。自分で料理すれば食費の節約になるが、外食よりわびしい気がした。暮らしは変化に乏しく、あれこれ工夫するのは掃除ぐらいだった。埃を嫌うものが商売道具だから、清掃用品ぐらいは楽しんで試すことにしていたのだ。

出張撮影の仕事はめったになかったが、店のかたすみで簡易に撮るだけの、証明写真の写りがいいと拡散されているそうで、撮られにくる客が意外にあった。皮肉なことに写真館の仇敵だったインターネットのおかげで、自動撮影機より割高な履歴書や旅券用の写真を求めて、学生や若い女性が訪れるのだった。

曇りがちな夕空の隙間から差し込む西日を、半身に受けて店に入ってきたのも、若い女性だ。

はじめて来店したのは半年ほど前で、「履歴書用ですね」と確認した収一は、あらかじめ決めてある位置に座らせて撮った。写真はその場でも渡せるが、彼女は「後日渡し」を選び、先払いして数日後に受け取りにきた。

収一は、父親がそうだったように愛想もいわなければ、ネットの評判を気にして写りを工夫するわけでもないので、引き取りから二週間ほどして、彼女がまた店にきて同じ注文をしたことに驚いた。

以来、彼女は月に一度か二度、証明写真を写してもらいにきた。いつも後日渡しを選ぶので、多いときは月に三、四回は顔を見せることになる。つまり「なんでもレッツフォト」にはめずらしい常連なのだが、天気の話ひとつしたことはなく、繰り返し訪れて証明写真を注文する理由は、聞けていなかった。

仕上がり写真を後で取りにくる客は、名前と連絡先を伝票に書くことになっているので、収一は、彼女の名前も電話番号も知ってはいた。

恭子というのが、彼女の名だった。

さまざまな人を撮っているからといって、外見で人の年齢や職業を当てるのはむずかしかったが、就活学生や、パスポート写真を注文する女の子たちより、恭子は大人びていた。三十歳前後なのだろうと収一は思っていた。

恭子はいつも、ふだん着で証明写真を頼んだ。スーツ姿だったことはなく、メイクしていたこともない。いま店に入ってきたときも、白いブラウスにカーディガン姿で、目立たなかった。

レジカウンターにきた恭子を、収一はあらためて見た。

目、唇、そして髪――もう何度撮影しただろう、来店すれば面と向かうし、撮るときは遠慮なく見つめる。カメラのファインダーやモニタはもちろん、ディスプレイいっぱいに拡大した画像も見たから、彼女の顔はすみずみまで知っている。

きれいだ、というべきなんだろうな、と収一は思った。

肌は、きめ細かく清潔感があり、やや切れ長の目も、ゆるやかにうごく瞼も、そのたびにこちらに届く視線も、見ていて心地よかった。なめらかな顔の輪郭、すなおな口もと、わずかに明るいカラーを入れているらしいショートカットの髪——目をしばし接写レンズにして観察しても、いきいきとした魅力があった。ところが、収一の前に立つひとりの女性として見ると、恭子はいつも、どことなく存在感が薄いのだった。

「あの……」

と、恭子は小さな声でいうと、小さなレジカウンターに立った収一に引換伝票を渡した。

カウンターの下に、仕上がり分を整理してあるケースがあるが、受け取りを待つ袋はせいぜい二つか三つなので、収一はすぐに恭子に渡すものを出した。「いつも」をつけるかどうか、六〇分の一秒ほど迷ったが、「ありがとうございます」とだけいうと、このあいだ撮った証明写真が入った袋を渡した。

恭子はだまってそれを受け取ると、店を出ていった。

だが、ほどなくガラスの自動ドアが開き、恭子がまた入ってきた。

収一は、ややあわてた。そして、さきに謝った。

「あ、申しわけないこと、しましたよね」

袋を渡す前に、中を見せて確認してもらう手順を忘れていた。ほかの客の写真を渡したと思ったのだ。

「あの……ちがうんです」

恭子は自動ドアを振り返った。

西日が通り抜けていた雲間がすっかり閉じ、急に暗くなった空から、雨が降りはじめているのだった。

「あ、傘、お貸ししましょうか」

なんでおれはいちいち先回りするんだ、と思いながら、収一は、にわか雨のとき売るビニール傘を出した。ひとつ進呈するつもりだった。

「いえ、ちがうんです、いいんです」

恭子は、激しくなった雨音にさからって、めずらしく大きな声でいった。

「ちょっとお店で待たせていただいても、いいでしょうか」

「いいですよ、セルフプリントの席、好きなのに座っちゃってください。どうせいつも客いないし」

恭子は、くすりと笑った。

「でも、そろそろ閉店時間ですよね」

「かまわんです。ここ自宅なんで」

「じゃあ、座らせていただくついでに、席でちょっと仕事しちゃってもいいでしょうか」

「どうぞどうぞ、パソコン使うんだったら、ディスプレイの右下に電源ありますから」

「すみません、勝手なことをいって」

恭子はていねいにお辞儀すると、セルフプリントコーナー、といっても三席だけのスペースの、出入口に近いほうに座り、トートバッグからノートパソコンを出した。

雨はますます強まり、ガラスドア越しに街路にしぶきが上がるのが見えた。店のなかはくぐもった雨音に満たされ、ときおり恭子がカチカチと押すクリック音が、それにまじった。


「ああ、もうっ！」

いきなり恭子が叫んだので、カウンターに肘をついて夕刊を読んでいた収一は、驚いて顔をあげた。

「ごめんなさい、いちいちパソコンが遅いんで、作業が進まないんです」

「重たい動画とか画像のお仕事ですか」

「写真のレイアウトなんですけど、ページ数がありますし、データが多いからでしょうか」

おれが見てわかるかなあ、といいながら、収一はカウンターを出た。べつのセルフプリント端末の前から椅子を持ってきて、どっこいしょと、恭子の横に坐った。

「いいですか、ちょっと画面を拝見しても。お客さんがお使いのソフトが見たいだけで、お仕事の内容は見ませんから」

恭子はうなずいた。画面に表示されているのは、内装か電設関係の資材カタログらしかった。

「おれはデザインソフトの専門家じゃないけど、いいやつが入ってますね。でもノートパソコンのディスプレイはこういう作業には小さいでしょ。パレットがじゃまになるしね、いちいち」

「そうなんですよ、いちいち」

恭子は収一のまねをして、にっこりした。収一は思わず恭子から目をそらしながら、説明を続けた。

「このパソコンでやるなら、ショートカットを使うんじゃないですか、一発で切り替えられるように。たしかに写真の数が多いから、あらかじめ整理しとくことかなあ。写真をはめるたびに、いちいち探すわけでしょ」

「ええ、写真の表示も遅くって」

「ちょっとフォルダを開いてみてくれますか。そっか、めっちゃ重いデータをそのまま使ってるんだね」

「それって、だめなんですか」

「お客さんのパソコンなら、やれなくもないでしょうけど、重すぎる写真画像はリサイズするんじゃないかな。以前はアタリ画像でレイアウトしたもんですけどね」

「アタリ？　画像データにアタリやハズレがあるの？」

「あらら、それ知らないでやってるの」

ときならぬ雨が、どこの誰かもしれない若い女性といっしょに、写真の話をつれてきた。

そのせいか収一の口は、ひさしぶりに軽くなった。

「アタリ、いまは使わないのかね。〝見当をつける〟みたいなことですよ。軽くした仮のデータでやれば、速くなるからね」

「そっか、アタリってデッサンみたいな意味なのね、すごい！」

恭子は、はしゃいだようすで、また笑顔になった。

想像してたより若いのかもな――そう思いながら、収一はいった。

「写真データは探しやすいように整理するとして、印刷の仕様をさきに確認しとくといいですよ」

恭子はうなずくと、ノートパソコンのトップカバーを、ぱたりと閉じた。

「あれ、お仕事の続きはもういいの」

「ええ、教えていただいてペースが上がりそうですから。会社の仕事なので、職場のパソコンや大きいディスプレイでやるものなんです。いつも間に合わなくて、ほんとはいけないけど、自分のノートパソコンでも作業してたんです」

いつしか雨はやみ、夕焼け空が――となっていれば、それで終わりだった。

しかし、雨はまだ、かなり強く降り続けていた。

「どうも雨がやみませんな」

と、収一はいった。

「まあ、傘もありますし、いてもらってもいいし」

「じゃあ、お願いついでにもうひとつ、いいでしょうか」

「あまりわからないよ、デザインのことは」

「ちがうんです。また写真を撮ってもらいたくて」

「え、このあいだ写したのを渡したばかりだけど、きょうも撮るのね」

「ええ――でも、写しかたはこれまでと同じですけど、きょうのは証明写真のサイズじゃなく、あの大きさくらいに」

恭子は、カウンターの上の料金表に掲示されたA4サイズを指さした。

それをきっかけに、収一はようやく聞くことができた。

「注文してくれるのはありがたいけど、何度も証明写真を撮るのは、またどうして」

恭子はうつむいて、小さく笑った。

「本当は大きい写真をお願いするつもりだったんだけど、頼みかたがよくわからなくて、履歴書サイズになっちゃって」

「うわ、早とちりして勝手にやっちゃってましたか、これまでずっと」

「そうじゃありません、わたしの注文が間違ってたんです。でも初回の写真を見たら、小さくなって並んだわたしたちが、なんだかいじらしいような感じがして――だから、自分で自分を見たくなると、ここで撮っていただくようになったんです。大きいサイズは、いまあらためて思いついたんです。大きいプリントにすると、わたしってどんなふうに見えるんだろうって」

それを聞いた収一は、さらに訊ねてみた。

「聞いてもよければだけど、自分で自分を見るのに、どうしておれが撮るんですかね。スマホで自撮りできるし、鏡を見ればいいわけじゃないのかな」

恭子は、あっさり答えた。

「わたし、自分を絵に描くときは、鏡や自撮り写真を見ては描けなかったんです」

なるほど、と収一はうなずいた。意外な感じがしなかった。

「だったら、自画像を描くためと説明してくださりゃよかったのに」

すると恭子は、すぐにこういった。

「いいえ、もう描いていないんです。絵はやめたので」

それ以上、聞いてはいけないような気がした。収一は、店の外を見るともなく見ながら、

「まだ降ってるな」とつぶやいた。

＊

恭子は、いまのデザインオフィスに勤めて一年ほどになる。

トレンディなカタカナ社名の会社だが、リフォーム部材などの業務用カタログ制作が専門で、住建会社をへて起業した地味な代表と、いつもパソコンに向かう社員のデザイナーが二人、恭子のほかにはそれきりの事務所だ。

仕事は忙しかった。先輩の指導でひととおりの〝研修〟があるはずだったが、この小所帯では手とり足とり教える余裕はなく、すぐに仕事が割り振られた。収一があきれたように、ろくに基礎も教わらずにディスプレイに向かったが、手順を知れば着々とこなせる仕事は恭子に合っていて、もう自分の判断で進める作業も任されつつあった。

まもなく二十六歳になる恭子だった。就職はこれがはじめてで、大学を出てから美術専門学校に通い、その卒業後さらにしばらくして、この事務所に応募した。人手不足がいわれて求人は多く、より好条件の募集もあったが、中心街からすこし離れた会社を選んだ。大学は文学部だったし、専門学校では絵を描いていたので、ウェブデザインやアニメを習ったと勘違いされて採用されたと思ったが、そうでもないようだった。

恭子は絵が好きだった。

見ることより、描くことが。

もの心つくと、家の油くささは画材のせいだと知った。市区外の手ぜまな公営団地だったが、なぜか画室のような部屋があり、画布やイーゼル、絵具や絵筆などが、ひと間にひしめいていた。恭子の父が、画家だったからだ。いや、画家といっても、ふだんは川を渡った中心街にある小さい商事会社に勤める、趣味の日曜画家なのだ。描く絵は平凡な絵はがきふうのものばかりで、川べりの下町風景を軽いタッチのスケッチふうに仕立てたものだった。

〝画家〟の父親は、恭子にとっては、幼いころから奇妙な存在だった。几帳面に通勤し、口数は少ないが食卓での話題にも加わる、ふつうの勤め人であり家庭人なのだ。ところが、公募の絵画コンテストや、画友会のグループ展が近づくと、夕方に帰ってくるなり、〝アトリエ〟と称する絵の部屋にこもって、ひたすら描き続ける。週末ともなると、扉ひとつ隣の食卓ですればいい食事を、わざわざ恭子の母に〝アトリエ〟に運ばせ、なにに機嫌を損ねるのか、怒鳴りつけたりもするのだった。

恭子が絵に親しむ機会はなかった。父親からクレヨンや色鉛筆を渡されたことはなく、なにか描いてみるかといわれたこともない。それどころか、恭子がいたずら描きをしていると、〝画家〟は叱りこそしなかったが、ひどく冷たい目で娘を見た。描く道具だらけの家なのだから、画材で遊びたくなるのは当たり前だったのに、団地の一室が〝アトリエ〟として占拠されたまま、〝画家〟が描いているときは物音をたてることすらはばかられた。

近代絵画の巨匠のなかに、株の仲買人や収税吏だった画家がいたことを、恭子は早くから知っていた。いまや億の値がつく絵が、生前はまったく売れなかった画家がいることも。

いまでも、恭子は考えている。

才能に収入が結びつかないのはよくあることで、絵が売れなければ画家ではないなんて、ありえない。生活のために仕事の合間にしか描けなくとも、才能がある人は芸術家なのだし、ただ描くことが好きで、趣味と割り切る人がいたっていい。鉛筆と紙しかなくても、仕事で使うパソコンでも、絵は描ける。絵を描くことは、あらゆる人に自由に開かれているはずだ。

かつて両親と団地で同居していたころは、絵を描くことを父親がひとり占めにしているように感じて、不満がつのっていた。

わたしも描いてみたいだけで、お父さんより上手く描こうとか、画家になろうってわけじゃないのに、なぜわたしが絵に近づくだけでいやな顔をするの。

そのうえ、父親が描き続けてきた絵は、どう見ても素人趣味の域を出ないままなのだ。絵はがきのような絵といっても、ほんものの絵はがきにさえなりそうにない。市民ギャラリーなどで展示する小さな絵に、なぜ苦行者のように取り組むのか、恭子にはどうしても理解できなかった。

そういえば、高校生にもなって、頬が腫れあがるほど父に打たれたことがある。

そのとき恭子は、父が絵を描き続ける理由を、どうしても知りたくなったのだ。子どものころから、自由な出入りは禁じられてきた〝アトリエ〟には、なぜか複製画もなければ、画集や美術雑誌もなかった。そこで恭子は、ほかにヒントになりそうなものがないか、こっそり〝アトリエ〟に忍び込んで探した。そこを、たまたま早帰りした父親に、見つかってしまったのだ。

しばらくあとになって恭子は、こんどは母親に訊ねてみた。

「ねえ、お母さん、なんだか怖くていままではっきり聞けなかったんだけど、お父さんはどうして、あんな部屋なんか作って、むきになって絵を描くの」

すると母親は、いかにも思わせぶりに「恭子が大人になったら話そうと思っていたんだけどね」と、話しはじめた。

ところが、その話はまわりくどいばかりで、知りたいことはいっこうにわからなかった。画家になる夢を無理に断たれたとか、一枚の絵と劇的な出会いをしたとか、それなりのエピソードを期待していたが、そんなものはなく、描く風景に特別な思いがあるわけでもないらしかった。

〝アトリエ〟のきっかけになったと母がいう話にも、恭子はひどく失望した。

そもそも絵画には興味も知識もなかった父だったが、いまの会社につとめて間もないころ、遊び半分に、はじめて描いた絵を市民公募展に送ったら、いきなり入選したというのだ。

応募作の少なさに困った主催者から商工会経由で、父が勤める会社にも「絵心のある社員に応募させて」と依頼があったそうだ。しかし、そういう社員はおらず、しかたなく当時の父が員数合わせに色鉛筆で描いたスケッチで応募したところ、上位入選してしまったらしい。

それが、たまに佳作がせいぜいの絵画コンテストに、飽きもせず応募し続けたり、会員を困らせてまで画友会を仕切ろうとしたりする、父の原点らしかった。

そういえば、ぶたれるまで探した〝アトリエ〟には、なにも見つからなかった。父が描いてきた絵が、山をなしていただけだった。

母の話をさえぎるかのように、高校生の恭子は叫んだものだ。

「信じられない！」

驚いた母親に、あわてて恭子はいった。

「ちがうの、お母さんのは作り話だっていうんじゃなくて、うちの〝アトリエ〟はそんなことが理由で、ずっとあるのかってこと。お父さんなんて、絵を描いていることにならないよ。絵じゃないわ、あんなふうにいくら描いたって」

しかし、恭子はこうも考えた。

だったら、絵を描くって、どういうことなんだろう。お父さんのは絵じゃないって思うなら、絵って、ほんとうはどんなものなの。

もどかしかった。説明できることばも知識も、高校生の恭子にはなかった。

でも――と恭子は思った。

わたしが絵が好きなことに理由なんかないよ。描くことが好きで、ただ描いてみたいだけ。目標だってない。それじゃいけないのかな。

そのときの恭子には、それがすべてだった。そして、娘に手をあげた後も、画友会の小さな展示会のために深刻ぶって描いているらしい〝画家〟に、またしても描くことから遠ざけられたと思うと、たまらなかった。

けれども〝アトリエ〟の主が趣味を楽しんでいるわけではないらしいことは、恭子にもわかった。かつて自分の〝作品〟が入選したことを、いまだに心のささえにしているのだろうか。もしかすると、恭子はもちろん妻も知らないことから逃避しようと、〝アトリエ〟という隠れ家で、かつて自分の〝表現〟が評価された――かどうかは、あやしいが――喜びを感じたいのか。

恭子は、それ以上、父親と絵のことを考えたくなかった。さらなる真実があろうがなかろうが、どうでもよかった。

それまで恭子は、ときどきこっそり買う小さいスケッチブックに、ただ思うままに描いていた。授業中に学校のノートにも描いたが、漫画やイラストのいたずら描きではなく、「絵」を描いているという気持ちだった。かならずしも画家になりたいわけではない気持ちは変わらなかったが、いちどは本格的に描きたいと思っていた。

だが、母から父親のことを聞いて恭子は、描くことへの思いが揺らぐのを感じた。

わたし、それほど好きでもないのに意地で、絵が好きなつもりでいただけじゃないかな。〝アトリエ〟なんて部屋があるのに、絵が好きになっちゃだめみたいな、遊びでも描けないような雰囲気だったんだもの。

でも、どうしても描くしかないって思うなら、あんなお父さんなんか無視して、早いうちからよそで習ったりすればよかったんだよ。へんなお父さんのせいで思うように描けないと決めつけて、被害者ぶってノートのはしっこにマンガを描いてきただけじゃない。それじゃ、お父さんとなにも変わらない、ただのおかしな絵描きよね——ちがうわ。わたしなんて、まだちゃんと絵を完成させたことさえないじゃないの。

日々、いらだちがつのるままに、高校卒業後の進路を決める時期になった。

芸術大学か美術学校に行きたかったのだが、それはどうでもよくなった。ただ家を出たいだけだった。そもそも〝アトリエ〟があるかぎり、家にいたら、いつまでも母親と同じ部屋で寝起きしなければならない。

絵の描きかたなんて、勉強しなくたっていいわ。

そう恭子は思った。

わたしなりに自由に描けるなら、進学でも就職でもいいし。

じつは正直なところ、描く技術にかなり不安があった。中学や高校の美術の授業を無視したのはいいとして、デッサンなどを習ったことはなく、鉛筆やマーカー以外の画材に触れたこともない。数こそ描いたが目のある人に見せたこともないので、それで美術の学校に入れるのか、入学できたとしてもついていけるのか、という心配が、いまさらのように恭子を襲っていたのだった。

恭子は、自宅からかなり遠い県立大学の文学部を選んだ。首尾よく合格すると、働いても下宿すると宣言した。学費のほか奨学金やアルバイト収入の見通しなど、親に進学を相談するのに見積書を出した受験生もめずらしいだろうが、費用の面で無理だといわれないためだった。絵のことでひと悶着起きる心配はなかったが、父は娘のひとり暮らしを許さず、激しい口論になった。恭子は気にもせず、着々と入学を決めた。


大学に入るとすぐに美術部員になった。

深刻にならずに描ける部活で、あの〝アトリエ〟を忘れて、描くことが好きだから描ける自分になりたかった。落第しないように授業に出て、ほどほどにアルバイトする以外、学校の制作室でひたすら描いた。定例活動の学生公募展には応募せず、学園祭にも参加しなかった。美術部でいちばん熱心に作品を作る幽霊部員というところだ。

部の娯楽行事には、すすんで参加した。先輩たちの車に分乗して遠くの美術館へ行けるのはありがたかったし、スケッチハイクで美しい風景を描けるのもよかった。男子部員がまじめくさって企画するヌードモデルのデッサン会は、恭子には貴重な機会だった。学部の科目では、講師が作品を投映して説明する美術史にしか興味がなかったし、画材や技法などの指導も受けないままだったが、じゅうぶん満足だった。大学って楽しい、と心から恭子は思った。

しかし大学時代の三、四年など、あっという間に過ぎてしまい、選択のときがまたやってきた。なぜ、すぐに人生のゆくえを決めろとむちゃをいうのかと、恭子はため息をついた。〝アトリエ〟には二度と近づかないと決めていた。だからといって、絵を描きたいときに描いて暮らせる方法となると、具体的には思いつけなかった。恭子は不機嫌に描くようになった。ほかの部員が絵の話をしようとすると席を立ったりし、かえって自己嫌悪にとらわれるのだった。

ある日の午後、恭子がいつものように制作室でひとりで描いていると、美術史担当の小柄な若い女性講師が入ってきた。たったひとつの好きな科目なのに、神経質そうな早口が好きになれず、「知識自慢のイヤなやつ」と決めつけていた講師だった。

講師は恭子の後ろに回り、授業よりずっとのんびりした口調でいった。

「ダンススタジオ、音楽練習室、この制作室――こんなに立派な施設があるのに、いつのぞいても学生がいないのよね県大って。あなたはいつもいるけど」

恭子は向き直って半身になり、絵が見えるようにした。あわてて隠したかったが、居直る気持ちもあった。

しばらく後ろから絵を見た講師はいった。

「本気で描いてみる気はないの」

恭子はふり返り、とげとげしくこたえた。

「わたし、描くときは、いつも本気ですけど」

講師は、笑顔でそれを受けとめた。

「ごめんなさい、気持ちはわかるわ。ただ、これだけ描けるなら、ほどほどに授業に出て、まあまあ熱心に描いて、ここの閉室時間がきたら片づけて、はい卒業って、もったいないと思うけど」

「でも先生、うまいねとか、美術部員じゃもったいない、っていわれたことはあるけど、生活はみてあげるから好きなだけ描いてごらんなんて、誰もいってくれないです」

講師は、声をあげて笑った。

「そうねえ、この県大じゃ、三食つきで有名な画家にしてやるから嫁になれ、なんて威勢のいい男子は、いそうにないな」

恭子も思わず、笑いをもらしてしまった。そそけ立った気持ちが、ゆるんでいくのを感じた。

そんな恭子のようすをうかがうように、講師はいった。

「ごめんなさい、わたしのいいかたに気を悪くしたなら謝る。たしかに『もったいない』ってよくいうけど、人の持ってる可能性を真剣に考えてないときに使う、無責任なほめことばよね。けどね、あなたの絵には、わたしを揺さぶるものが確かにあるのよ。でもそれは、まだ描ききれていないと思うの。もっといろいろな描きかたの実験をすると、絵の深いところを、より強く描き込めるはず。だから、ますます本気になってみたらって、いいたかったわけ」

「わたしの描く絵に、なにがあるんですか」

「そうね、いまはまだ種のようなものだけど。技術が未熟なせいか、かえって感じさせるものがあるわね。いまさらよけいな技法は知らなくていいくらい」

「自分ではなにもわかりません」

「ことばでいえるようなものを描こうとしたって、だめなことはわかるよね」

「ええ」

「いつも描いている肖像は、あなた自身なんでしょ。自画像ばかり描いているのね。自分の姿を、鏡も写真も見ずに描くんでしょう」

恭子は、すこし驚いて、講師を見た。

「ここをのぞくたびに、絵はもちろんだけれど、あなたの描きかたも、わたしを不安にさせるのよ。不安になりたくて見にきてしまう感じ。すこしは絵を見てきたわたしがそう思うんだから、あなたの絵を見るとなにかを感じとって揺れてしまう人が、ほかにもたくさんいるはず。そんな絵がこれから描けそうなんて、すごいじゃない。あなたにしかできないことなのよ。だから、ただ好きなように描くだけではなくて、もっと描きかたをするどく研いでいくことはできないか――ということでしょうか」

講師は、急に講義調で話し終えると、ハンカチを出して額と鼻の下をちょっと押さえ、「ああ疲れた、いちどにしゃべり過ぎた」と、ため息をついた。

恭子は吹き出した。

「先生は講義のときはいつも、きりきり話すじゃないですか」

講師はまた、くだけた話しかたをした。

「ああ講義ね、だって誰も聞いてないんだもん、休みなく話してないとさびしくなるから」

「わたしは聞いてたよ。誰もってことはないよ」

「どうかな、絵画を投映するのに教室を暗くすると、みんなすぐ寝ちゃうじゃない」

「やめてよ先生、それじゃ鳥じゃん」

いっしょに笑いながら恭子は、知識だけでなくするどい感性もある、この女性を、なぜ嫌ったんだろうと思った。先入観や誤解が消え、人を知ったときに限って、別れるときが迫っている。

「ごめん、じゃましちゃったね。わたしとこんなふうに話したからって、ときどき座ってる教室の後ろからピースとかしちゃだめよ」

ああ恭子、あんたの決めつけぐせは最低だよ、と恭子は反省した。先生は気づいてくれていたんじゃない。ひとりで絵を描いていることも、三年生のとき出ていた講義を、四年になっても、ときどきのぞいていることも。

ただ好きだから描きたいという思いにこだわるあまり、ほんとうは誰かに率直な感想を聞いてみたかったのに、ことさらに人を寄せつけず、絵は見せたくないという態度だった。それなのに、そっと観察して、可能性を見つけてくれて、聞かせてくれた人がいた。

恭子は、なんとなく考えていたつぎの進路について、相談してみようかと思った。

すると恭子よりさきに、講師は意外な話をしはじめた。

「わたしは東京の美大に行ったんだけどさ」

「え、それって作るほう、ってことですよね」

「すぐやめちゃって、四年制に入りなおしたんだよ。美術史で大学院までいって、教員になったの」

「先生も絵を描いたんですか」

「わたしは工芸だったんだけど、気が散っちゃってね。とてもほめられて、ちょっとした賞をすぐとったりして、いい気になってさ。若手アーティストっていうのが、ちやほやされた時代で、いきなり芸術家気どりになっちゃったの。現代美術なんて、ちょっと置いたり燃やしたりすればいいんでしょう、それって思いつきじゃない、わたしならいくらでも思いつけるよって」

「すごい」

「すごくないのね、バカよ。才能がぜんぜん続かなかった——じゃなくて才能なんて、そもそもなかったわけ」

「でも美大の先生たちに、ほめられたんでしょ」

「ほめた人たちも、才能がなかったのよ。才能のない人たちにちょっと持ち上げられただけで、勘違い女になっちゃったわたしも悪いけどさ。あのね、こんな話をするのは、芸術や表現ってなにかということを、あらためて教えてくれるかもしれない絵を、あなたは描けるかも、と感じるからなのね。世間でいう才能がどうだこうだなんて話を飛び越えて、なにか描いてしまうかもしれないって、すごいじゃない。わたしなんかちょっと妬けるくらい。だからわたしは、あなたの背中をちょいと押そうと思ったわけ」

「うれしいというか、どういえばいいのか――怖い気もします。先生にはわかっているんでしょうけど、わたしはよくわからなくて」

「わたしだって、いま説明はできないわ。さっきもいったでしょう、ことばにできることを描こうとしたってだめって。わたしが伝えたいことはね、トップを走るつもりでいきなり転んじゃった女から、バトンを渡されたと思ってくれればいいってこと。ゴールはここよ、なんていえないし、ゴールはないかもしれない。だから、走り続けるかどうかはあなたが決めればよくて、やめたっていいの。でも、ゆっくりとでも休み休みでも、できるだけ遠くの景色を見るようにして走ってみたら――っていいたいの。そこに昔のわたしは気づけなかったから」

この棟の閉室時刻を告げる、夕方のチャイムが鳴った。

女性講師は軽く伸びをし、「描く時間がなくなっちゃったね、ごめんなさいね」というと、「まったく、大学生に向かって、下校の時刻になりました、ってか」とつぶやきながら、美術室を出ていった。

恭子が、大学を卒業したら美術専門学校にいくと決めたのは、それから間もなくだった。

専門学校の絵画コースに通おう、と恭子は思った。

描きかたを習いたいのではない。もうしばらく、絵が描ける時間がほしかった。それも、誰にもいいわけせずに、わき目もふらずに描き続けられる時間が。

そして二年間、徹底的に描いたら、きっぱりやめるつもりでもいた。

どうしても画家になりたいわけじゃないし、なにかのためとか誰かのために描くんじゃないの。そういうのは、わたしの「絵」ではないから。

描いているうちに、なにかが見つかったらうれしいけど、見つからないかもしれない。見つからないような気がする。自分ではわからなくても、ほかの誰かに響くものがあったらいいんだけど、そんなにうまくはいかないことは、わかってる。

でも、それでいいの。お父さんのように、いつまでも絵を描いていようとは思わないわ。

絵を描くことが好きでした、っていえることを目標にするの。

そう決めた恭子は、美術史の授業にもぐり込んだ。終わると教壇へ行き、講師に考えを伝えた。

講師は教室を見まわして学生が少ないのを確かめ、それでも恭子に近づいて、ささやくようにいった。

「妬けるなァ！」

「えっ先生、どういうことですか」

「昔のわたしには、あなたのようにはいえなかったな、考えもしなかった」

「でも、芸術大学じゃなくて専門学校へって、ちょっと日和《ひよ》ったかなって」

「いいえ、あなたはわかったんでしょ。もし自分の絵になにかが見つかるとしたら、明日にだって見つかるって。もし見つけたら、そこで絵を描くのは終わりって、決めたのね」

「ええ」

「二年は短いけど、それで見つけられないなら、それ以上は探すつもりもないのよね」

「はい、どちらの場合も、絵はやめます」

「わぁ、その気持ちでやったら、なんだかすごいものを描きそうだわ、楽しみ」

「先生、ちがうの、あと四年も学校に行ったら、ババアになっちゃうと思って」

「おい、それはわたしに失礼だぞ」

けたたましく笑ったふたりを、教室にまだいた学生たちは驚いて見た。

＊

美術専門学校に入学すると、恭子は、ひたすら描き続けた。

講師の推薦状が効いたのか、学費の大半を免除される特待生として通うことができた。下宿通学を続けるためには、両親に、アルバイトしても足りない生活費だけは援助して、と頼まなければならなかったが、大学を出てから専門学校にいくことに反対はさせなかった。実家に足を向けない恭子に会う機会がなくなった父は、憤懣《ふんまん》は母にぶつけているらしかった。

お母さんはかわいそうだけど、お父さんは勝手に怒っていればいいんだよ、と恭子は思った。余分にかかったお金のことで文句があるんだったら、二年たったらふつうに働いて返すわ。

推薦状を書いてあげるから特待生受験しなさい、といってくれたあの講師は、ひとつ約束して、とつけ加えた。

「描くたびに、つぎはどう描いたらいいかって、わたしに見せにこないこと」

意味は、はっきりとはわからなかったが、恭子は素直にうなずいた。ふと、この先生に再び会う機会はないような気がして、わずかなあいだ〝恩師〟だった、自分より小柄な女性を、恭子は見つめた。


恭子は描きに描いた。

欠席できない授業や、アルバイト以外は、まさに寝食を惜しんで描いた。

歳下の同級生たちが、怖れをなしたか話しかけてこないのは助かった。大学の美術部とはちがい、彼らと交流するつもりはなかった。習いごととして専門学校に通うのか、年輩の人たちもわずかにいて、彼らの集まりから声がかかったが、丁重に断った。わずかにやっかいなのは、興味がないのに出席しなければならない授業だったが、取りこぼさないようにして、教室で自分の絵が講評されるときは聞き流していた。美術史の先生がいった〝才能のない人たち〟のことが、わかるような気がした。画材や技法の基礎は習わないままだったが、それらを教える授業に熱心でもなかった。そのかわり技術的に知りたいことがあると、すぐに講師たちに質問しにいった。いちいち聞きに来ないで授業にきちんと出るようにと、不快そうにいう講師もいたが、まったく気にしなかった。

恭子は、学校が教えることは無視して描いていたし、かといって自信たっぷりに早描きするふうでもないので、絵をなかなか完成させられずに手直しばかりしているようにも見えた。もちろんそうではなく、恭子はひと筆ごとに、絵から自分の姿が浮かび上がるかどうか確かめつつ、つぎのひと筆を加えるような描きかたをしていた。わざと意識せずに、ある色を置いてみて、つぎに自然に手が動くまで、絵の前でじっと待っていることもあった。それでも、ほかの学生たちが制作するのとは比較にならないほど多くの作品を、恭子は描いた。

恭子の絵には、画風というものがなかった。一枚描くたびに大きさもイメージも変化した。描いたものが見えないほど暗い絵を描いていたかと思うと、周囲を照らすほどまばゆい色彩で描くこともあった。

課題作を交代で並べて講師の講評を聞く授業では、恭子の絵はたいてい不評だったが、むろん恭子は失意も不満も感じなかった。〝才能のない人たち〟の意見は、美術界のどのあたりで店開きできるかということばかりで、「自分のスタイルを決めなさい」ならまだしも、「いまこういう絵は流行らないな」と、平気でいう講師もいた。

あらそう、だったらわたしは誰かのためにも、なにかのためにも、描いてないことになるわ、よかった——と恭子は、うれしくさえ思った。

才能があるとかないとか、アーティストになるためには、なんてことは、わたしには関係ないわ。わたしが心配なのは、大学で描いていたときに先生がいったような、絵とはなにかということを語りかける作品が、描けるのかということだけ——。

もちろんそれは、とても大きな課題にちがいなかった。しかしそのことで悩んで描けなくなることはなかった。一枚描くごとに新たな期待に満ちて、つぎはどんな方法で描こうかとわくわくしながら画材を選んだ。描いた絵はすべて、たいせつな存在だった。

恭子はこれまでどおり、自画像ばかり描いた。コミックのキャラクターふうにしたり、まるで写真のように描いたりするのは、恭子には簡単すぎることで、そういう絵は描かず、あいかわらず鏡も写真も見ずに、自分自身を描き続けた。

面白いことに、心に浮かぶ自分をできるだけ写実的に描こうとすると、まったくの抽象画になった。ところが、下絵も描かず乱暴に描いてみると、描いた絵のなかでもいちばん自分に似ている具象画があらわれた。

これって、絵だけのことではない気がする——。

絵に向かい合って、ふと考えこんでいる恭子は、専門学校の生徒たちの理解の範囲を超えきった「不思議さん」なのだった。

また、卒業のときがきた。

大学時代の四年でさえ、たちまち過ぎたから、専門学校での二年など、あっという間だった。

それでも、もうじゅうぶんだわ、と恭子は思った。

描けといわれたら、まだいくらでも描けるけど、ここからさきは、いちど描いたことの繰り返しになってしまうから。

あまりうるさくいわずに好きにさせてくれる学校でよかった。ああしろこうしろと教えこまれたり、なまじっか評価されたりしたら、似たようなどうしようもない絵ばかり描いて終わったかもしれないもの。うちの〝アトリエ〟で描いている人みたいに——。

描いた絵に、自分が〝なにか〟を見つけることはできなかった。思いつくかぎりの方法で描けるかぎり描き、途中で投げ出さずに、みな完成させたが、この一枚といえるものが描けたとも思わなかった。

しかし、挫折感はまったくなかった。

あるはずがない。二年というもの、絵を描くことに身も心もうずめ、この学校の生徒にも講師にもない、ひたすらな集中力で描き続けたのだから。描きつくして卒業の日を迎えられたことに、すがすがしい達成感さえあった。

そして、恭子なりに、わかったのだ。

絵とはなにかっていうとね、「描くこと」だったのよ。わたしが、わたしの中から出てくる描きかたで、わたしの絵を描き続けること、それが絵なの——。

後世に名を残した芸術家たちが創作に費やした年月からして、二年でやりつくしたなどとは早計にすぎるかもしれない。いや、すぐれた芸術を作ったかどうかは、活動した期間の長さには比例しないし、だいいち恭子は、自分だけの描きかたで自分の姿だけを、二年よりははるかに長い間、描き続けてきたのだ。

ということは——。

と、恭子は考えた。

お父さんも、なにかを見つけたかったんじゃないかな。なんの知識もなく絵を描いて入選したとき、そういう気持ちになったのよ。これが自分だと決めつけていた身の丈の日常のなかに、ぜんぜんちがうものがあるんじゃないかって。でもお父さんには、探す方法がなかった。ふだんの生活をしていたってできるし、絵じゃなくてもよかったのかもしれないのに、知らないし、わからないから、絵で入選することが「なにか」を証明してると思い込んで、それを繰り返すために描くようになっちゃったのかも。

恭子は、卒業制作として提出する絵を選びながら思った。

わたしは、鏡や写真を見て自画像を描くのはいやだった。いったんなにかに写ったわたしを、もういちど絵に写しとるなんて意味がないと思って。わたしだけが知っているわたし自身のことを、そのまま絵にできたらと思ったの。それが正しい自画像の描きかたかどうかは、いまだにわからないけど。

はじめて入選した絵のように描こうとしたにちがいない、お父さんのやりかたが、だいきらいだった。あんなふうに描かれ続けて、うちの〝アトリエ〟いっぱいになっていた絵が思い浮かぶたびに、わたしが絵をなんとかするわ、と考えてしまったんでしょうね。だから意地になったように、わたしは、自分のことだけにこだわる描きかたをするようになったのかもしれないな。

それにしても、わたしは、もう何年も自分ばかり描いてきたけど、自分の目で自分を観察して描くことはしないし、自分以外のものごとに目を向けて描くということもしない。それって、じつはお父さんがしてきたことと、どこかで似ちゃっていたんじゃないかな。

「わたし、絵を描くことが好きだったの」

と、恭子はつぶやいてみた。そして、ここ二年で描いた絵を見ながら、大学の美術部で描いたものと比べたり、昔の小さなスケッチブックを開いてみたりした。

こうして見ていると、絵のなかのわたしたちはみんな、こちらにむかって話しかけているような気がする。わたしが描いた絵は、わたしのことばでもあったのかな。絵の中のわたしたちは、そのときどきの気持ちをすなおに話していると思うんだけど、みんなさびしげなのね。そして、はかない——。

恭子は、美術学校の卒業式には出席しなかった。

卒業制作展は、会場をひと回りしたきりで、同期の卒業生たちの作品はろくに見なかった。校長賞や奨励賞など、リボンのついた絵画や造形が並ぶ一等地の反対側に、恭子が提出した卒業作品はあった。絵画はパネルに上下二列に貼られ、造形はその前の床に雑然と並べられている一角で、特待生だった恭子の絵は、下段の端のほうにあった。

それに目がとまると、身も心も軽くなって、ふわりと浮き上がるような気がして、そのまま卒展会場から飛び立つかのように、恭子は学校をあとにした。

＊

雨は、降り続いていた。

降りかたはおさまってきたようだが、街路にたまった雨水に落ちるせいか、滴《しずく》の音はむしろ大きく聞こえた。

収一は、恭子に確かめた。

「自画像を描くために見る写真なら、正面からだけじゃなく、顔の向きを変えたりとか、何種類かお撮りしたほうがいいんだろうけど、そうではないんですか」

恭子は、軽く笑って答えた。

「さっきもいいましたけど、絵はやめたんです」

「じゃあ、表情をつけましょうか、笑顔だとか」

「ポーズはだめなんです。わたし自身が写っていなくちゃ意味がないんですよ」

「わたし自身か――それは、むずかしい注文だね。おれは写真を写す職人で、芸術家じゃないから」

「あら、ごめんなさい。そういうことじゃなくて、これまで撮っていただいた証明写真が基本なんです。ほら、この感じです」

恭子は、受け取ったばかりの証明写真を出して、収一に見せながら続けた。

「でも、証明写真や記念写真を写すときも、どこか表情を作っているんですよね。すましているというか、よそゆきという感じで。そういうのもない感じで、写せるでしょうか」

「それも、むずかしいところへ話がいってる気がするねえ。でも、ひょっとすると写るかもしれんな。だめもとで、ちょっと撮らせてみてくれますかね」

収一は、写真学生だった昔のことを、思い出そうとしていた。

もちろんほとんど忘れているが、授業のようすとともに記憶に残っていることも、いくつかある。

たとえば、カメラや照明の基本を習ったときがそうだ。基本を応用できなければ仕事の撮影はできないが、応用篇の授業はみな忘れたのに、あの基本の授業は思い浮かぶ。撮りたい写真ではなく撮られたい写真を写せ、と教えられたこともそうだ。注文に応じた仕事をするには、自分の存在は消し、依頼者の希望を形にしなければならない。その技術は、カメラがどんなに進歩しても自動化できないと教わった。

女性モデルを撮る授業も思い出せる。広告やファッション撮影の専修科にいたから、モデル撮影は必修だった。

学校の契約だったのか講師たちの紹介か、モデルたちは一流でこそなかったが美しく見えた。自分たちでメイクして学生たちの前に立ち、たいていは自前のファッションで、ときには水着で、撮影の授業は行われた。

着衣だろうが半裸だろうが彼女たちは臆せず、ファインダー視野からあふれるほどの表情やポーズを作ったので、生徒たちは気圧《けお》されて、なかなか撮れなかった。彼女たちにすればいつもの職業的所作だったが、写真学生に写される場合も手抜きをしなかったわけで、その点では彼女たちも、収一たちに写真を教えてくれた教育者だった。

収一は、ほかの生徒たちとはちがい、モデル撮影で気後れすることはなかった。着ていようが裸に近かろうが同じで、女性モデルと一対一で撮るときも、むっつり一礼すると、なんの注文もせず非常な速さでシャッターを切りまくり、たちまち自分が撮る順番を終えた。女性を意識しないわけではなく、帰るモデルたちから「お疲れさま」「また撮ってね」などといわれると、まっ赤になるほどだったが。

撮影授業のあとは、収一は提出する写真を作る暗室作業に没頭した。女子学生を使者に立ててモデルたちとの「合コン」を画策する同級生には加わらず――そもそもモデルたちにはあっさり断られてしまったが――学校の暗室に長くこもり、ときには写真館の暗室でも、課題のプリントに熱中した。

収一はいつもモノクロフィルムで撮った。収一のモノクロプリントは、シャープな描線と諧調のバランスが美しく、しばしば講師を感心させた。「おれも急ぎの仕事ばっかり受けてないで、こういうプリントを焼かなきゃダメだ」などと、真剣に反省しはじめるプロカメラマンの講師もいた。

ところが収一の提出作品は、撮影授業のベスト作品に選ばれることはなかった。しばしば選ばれたのは、クラスでも目立って気が強く、おしゃべりな女子学生が撮った、夢々しいようなカラー写真だった。収一のものは「きみの写真には雰囲気というか空気感がないんだよなあ」との評だった。ある講師からは「これじゃモデルの素が写っちゃってるよ」といわれたこともある。

いま、収一は思った。

おれが撮ると、メイクしていようが、シチュエーションをいくら演出しようが、いちいちモデルが「すっぴん」で写っちゃったわけだ。広告やファッションじゃ、そんな写真はダメなんで、成績がよくなかったんだけど、おれがまだその欠点を持ってるなら、この子が写してほしいっていう写真が、写るかもしれないってことだよな――。

「おい、ちょっと待って、なんのつもりだよ」

と、収一は叫んだ。

恭子が、いきなり服を脱ぎはじめたのだ。

自分の部屋で着替えているか、ここで風呂にはいろうとでもするかのように、恭子は収一の目の前で、あっさりすべてを脱いだ。

「だから、待ちなって、待ちなさいよ」

収一は、あわてて吊ってある暗幕を引き回し、せまい撮影スペースを覆った。自動ドアの電源を切りにいき、閉店プレートを出した。店内の照明も消したが、真っ暗なのはまずい気もして、また点灯した。

収一は、暗幕の外から声をかけた。

「あの、どういうことなの」

すると、さっきまでと変わらない、むしろさばさばしたような声が返ってきた。

「びっくりさせるつもりはなかったの、こうしちゃえば断れないかな、と思って」

「それはつまりその……ヌードを撮ってほしいってことなのかな」

「いえ、それが目的なんじゃなくて、そうですね――わたし自身を写してほしいってお願いしたとき、むずかしい話だっていわれて、ちょっと考えたの。そしたら、脱いじゃえって気持ちになったの」

「いや、でも、その……脱いだところを撮るなら、背景や照明を準備しないと」

「ごめんなさい、雑誌のエッチな写真みたいに写してほしい、ってことじゃないんですよ。絵を描いていたころは、思いつくたびに試すのが習慣になってたから、裸になって撮られてみれば、ちがったわたし自身が見えるんだろうかって、思っちゃったの――ハクション！」

恭子は鼻を鳴らした。

「わかったよ、わかりましたよ。問答しているうちにカゼひかれちゃあ、こっちが困っちゃうよ。じゃ悪いけど、ちょっと、おじゃましまっせ」

収一はできるだけ軽い調子で、カメラを持って暗幕の内側に入った。恭子は証明写真を撮られるときいつも座る丸椅子に座り、両手をまっすぐ伸ばして身体の前で交差させ、手のひらを腿の上に置いていた。かぼそい身体だった。

なんだったろう、絵画で見たことがあるような、と収一は思いながら「じゃ、後ろのゴチャゴチャが見えないようにして撮りますね」と、ロールカーテン式のバックドロップを下ろし、照明を手早く組み立てた。そして恭子を座り直させると、たちまちシャッターボタンを手早く何度か押し、恭子にカメラの液晶モニタを見せた。

「ほら、こんな感じだけど、全身を写すとこうだね」

シャッターを切るたびに収一は、裸の恭子にカメラのモニタを見せ、恭子も真剣な表情でそれを見た。

「この程度の写りでいいなら、おれが撮らなくても、家でスマホの自撮りでいいんじゃないの」

「だめなんです、自分で写したら鏡を見るのと同じですから。この構図のまま、もう少し大きめに撮れますか」

恭子は身を乗り出して、モニタの画像に指で範囲を示した。

「ということは、こう撮るか。はい、さっきの姿勢で、ほんの少し乗り出す感じかな——それじゃ行き過ぎた」

「わたしが、こういう向きでも、写せますか」

「ということは、手で支えてもらったほうがいいね。気持ち仰向いて——こっちの光をちょっと起こしてと——はい、撮ります」

暗幕の内側から聞こえるやりとりは、健康診断のX線撮影のようだった。ただ、だんだん声はひそめられ、ささやき声に近くなっていた。

ほどなく、「ありがとうございました」と、恭子の声がした。

「とんでもないです。撮ったメモリカードはあげるから持ってってください。パソコンで見られるでしょ」

「あの、いまメモリを持って帰るんじゃなくて、これまでの証明写真みたいに、選んでいただいて、さっきお願いしたサイズにプリントできますか」

「それは、二、三日待ってもらえたら、ばっちり仕上げられると思う。けど、メモリカードをおれが持ったままというのはどうかな。信用してもらうしかないけど」

「だいじょうぶです」

「じゃあ、すぐ着てくださいよ、ほんとにカゼひいちゃうから」

「あの、もうひとつお願いがあるんですけど」

「むずかしい芸術的なのはどうかな、おれにできるかな」

「いえ、いまさっきの構図ですけど、もっと近寄る感じで写せますか――」

恭子の声は、ほとんど聞き取れないほど小さくなっていた。

「そりゃ撮れるけど、いいんですか、じゃ手早く撮りますから」

ふたたびシャッターが繰り返し切られ、ミラーがリターンする音がリズミカルに響いた。収一にしてはシャッターの回数が多い。さらに収一は「失礼」といいながらすばやくストロボを設定し、「そのままの姿勢でいられるかな」というなり、連続シャッターを切った。店の外に雨音が続くなか、稲妻のような閃光が何度も店内に光った。ただその光は、恭子を柔らかく包むように調整されていた。

収一はさらに何度かシャッターを切ってから「お疲れさま、さあ、早く着ましょう」といった。

＊

雨の夕暮れに収一に撮ってもらった写真を、恭子はすこし後になってから受け取りにきた。抜けるような秋空に、迷いのない絵筆をのびのびと走らせたような、どこまでもまっすぐな雲の筋が美しかった。恭子の仕事もひと息つけた、土曜の午後だった。

「プリントなんでもレッツフォト」のセルフプリントコーナーは、めずらしく客でふさがっていた。デニムのエプロンをした収一が、お年寄りの男性客にスマホプリントのやりかたを教えているところだった。

恭子は収一に目で「急ぎません」と伝えた。きょうはわたしは時間があるから、お客さんにつきあってあげて、といったつもりだった。収一はだまってうなずき、しゃがんだ腰を上げずに、客に説明を続けた。

あら、わたしと店長さん、いま目と目で通じたのかしら――。

恭子は、なぜか頬が赤らむのを感じた。

男性客は、遊びにきた娘夫婦と孫たちを撮った写真をプリントしようとしているのだった。どうやらセルフプリント機の使いかたを教わるより、収一に孫の写真を見せて自慢したいらしい。

「お客さん、ずいぶん撮りましたねえ、何枚くらいあるかね」

「ぜんぶ写真にしたら大変なことになるなあ」

「いやァ、ぜんぶプリントしてくれたら、うちの店は儲かるけどさ、ハハッ」

「うまく写っとるやつを選んでもらえんですか」

「こっちで選んじゃうと、お客さんがほしいのを選びそこないますからね。ほら画面のここを押すと一覧が出るでしょ。こうやって、気に入った写真に印つけてってください。つけ終わったら、そのなかから、いっしょにプリントするやつを選ぶっていうのはどうですか」

そんなやりとりを聞いて、恭子は微笑した。収一は「どっこいしょ」と声をかけて立ち上がるとレジカウンターに入った。抽《ひ》き出しを開け、A4サイズの封筒を取り出す。

「はい後日お渡し分、こちらになりますね」

収一は営業用の朗らかな声を出し、封をすこし開いてなかを確かめると、封筒をカウンターに置いた。

「A4モノクロ一点、プレミア仕上げにデータお渡しで、千二百円、頂戴します」

「あの」

と恭子は、カウンターの上の料金表を見ながらささやいた。

「ちょっと、安すぎるような――」

収一も、やや声を落として答えた。

「いえ、いいんですよ」

そして、恭子から料金を受け取りながら、収一は声を低めたまま早口でつけ加えた。

「それより、小さい封筒でメモリカードも入れてあるから、落とさないようにね。そいつにA4プリントのデータもコピーしてあります。店にはいっさいコピーは残してないから。信用してもらうしかないけど」

べつのセルフプリント機にかかっていた中年女性が「すみません、これで日付は入らないことになっているのかしら」と収一を呼んだ。

はいお待ちください、とカウンターを離れぎわ、収一はまた小さい声でいった。

「外で封を開けないでください。自分の部屋で開けてください」

恭子はうなずいて「ありがとう」とささやいた。

「いつもありがとうございまぁす」

収一は、店舗用の声にもどって恭子に一礼し、女性客の席に向かった。

恭子の部屋のパソコンデスクに、A4サイズのモノクロ写真が立てられていた。

封筒を開けて写真を取り出した恭子は、まずノートパソコンを開いて立てかけてみたが、すぐにデスクの上のものをすべてどけ、開いて立てた本に写真を寄りかからせて、写真だけが立っている感じにしてみた。

日が傾きはじめても、恭子はその写真を飽きもせずに見ていた。

それは、恭子の顔写真ではなかった。

山あいの渓流ぎわだろうか。灌木の根もとが写っている。薄暗いその根回りを淡くおおった山苔が、モノクロ写真なのに緑の深みを感じるほど、みずみずしい湿りをたたえて、わずかな木漏れ日に照らされている。光の諧調が美しく、苔の輪郭は際立っているが、そっと触れてみたくなる柔らかさも感じる。その柔らかさのなかに芯がある流れを作って、苔は木の根の間へすべり込もうとしている。

そのあわいに、一輪の小さな蘭が咲いている。いや、咲こうとしている。こちらになにか話しかけようとでもするかのように、蘭は閉じた花弁を静かに開きはじめている。

花心は花弁に包まれ、あらわではないがわずかにのぞく花芯の先端が、木漏れ日のひと筋か、それとも周囲を照らす反映か、したたるような光を集めて画面の中心にあり、痛みを感じるほど美しく輝いている。

撮ってもらったとき、最後にお願いした写真だわ、と恭子は思った。

いつの間に、これほど近寄って撮ったのかしら。レンズの操作で拡大したのか、そうでなかったら、撮った写真をこの構図になるよう切り詰めたのかな。

店長さんは、芸術的な写真は撮らない職人だ、といっていた。でも、あの人はこれを、光を使って一瞬で描いたのよ。いいえ、ただ写して終わりではなく、とても念入りに、写った現実を損なわないように、これを作りあげたんだわ。

ほら、木肌の感じに見えるほど暗く表現したわたしの足と、画面全体に当たっている光の、明暗のバランスをとっているじゃない。そしてあそこは、わずかに浮き彫りのような立体感を出すために、よく見ないと気がつかないほど光のアクセントをつけているのね。撮った後で、こうしたところを徹底的に表現したのよ。

あの人はこれまでも、そしてこれからも、ずっと商店街のプリントショップの店長さんでいるのでしょう。けれどあの人は、絵を描いていたときのわたしと同じ気持ちを、心のどこかに持っているんだと思う。

「生きているわ」

と、恭子はつぶやいた。

この写真のなかに、いきいきとした、わたし自身がいる。

「ああ、また絵が描きたいな」

恭子は、自分で自分の声に驚いた。

日はほとんど落ち、部屋は薄暗かった。恭子はデスクを離れ、カーテンを引いて明かりをつける前に、薄暮の光で写真をもう一度見た。

その写真は、やや暗いなかですこし離れて見ると、作り込まれた細部の美しさは目立たなくなった。そのかわり、まるでちがった、吸い込まれるような翳《かげ》りに満ちて、なおさらに美しかった。恭子は身震いし、静かに部屋を出ていった。

＊

その年の暮れが来る前に、恭子は勤めていたデザイン事務所を退職した。

早々と退職を申し出た恭子に、つい説教がましい口をきいてしまった事務所の代表は、のちに得意先の担当部長から電話で「きみのところから使いにきていた、なかなかセンスのいいお嬢さんはどうした、ひどく叱ったんじゃないだろうな」といわれ、当惑した。

代表はその電話を切ると、二人しかいない社員に向かって担当部長と同じように「おいきみたち、彼女をいじめたんじゃないだろうな」と大声を出した。パソコンに向かって追い込み作業中だった二人の社員は、迷惑そうな顔をして首をひねるだけだった。

翌年の春、私鉄支線の小さな駅の前に十店舗ほどがほそぼそと生き残った商店街から、またひとつ店が消えた。

閉店を気にとめる人もさしていないまま、店は取り壊され、「管理地」と書かれた看板が立てられた更地には、もう雑草が顔を出しつつあった。なにか新しい店ができることは当分なさそうで、この小さな商店街を通る地元の人たちも「ここって何だったたっけ」というにちがいなかった。看板を立てた不動産業者に、かつてあった写真館のことや、後を継いだ「プリントなんでもレッツフォト」のことを問い合わせる電話は、もちろんなかった。

水曜日と、木曜日のつぎの金曜日

Wednesday, and Friday after Thursday

なるほど、霊柩車ってのは火葬場へいくときの車で、亡くなった場所から運ぶのは寝台車というのか――。

良一は、小さい葬儀社の控室にひとり座って、若い担当者から渡されたパンフレットと見積書を見ていた。

布団代ってなんだろうな――ああそうか、お棺には布団を敷くんだ。そりゃそうだな。えぇと、仏教でも神道でもなく親族だけの「ご家族プラン」だと、告別室や用品一式、人件費込みで、基本料金十万円プラス消費税ってことか。こんなに安くやれる葬式もあったんだな。火葬場が予約できたのが、あさっての金曜だから、それまでの「安置料」が一日一万円、追加のドライアイス代も日数分と――そうだ、泊まるところを探さなくちゃな――あとは死亡届を役所に出して、あさってまでに火葬許可証の受け取りか。死亡届は二十四時間受け付けていると――だったら、おれが自分でやれるんで、代行サービスってのはいらんな。うん、あれやこれやで二十万円くらいみておけばいいだろう。助かったよ、その額でやれるなら。

朝一番で私鉄線に新幹線、そして在来線やバスを乗り継ぎ、午後遅く、父親が入居している高齢者施設に着いてみると、もう亡くなっていた。

全員マスク姿の、施設の職員たち、そして往診担当医たちは、手際よく対応した。良一は父親の部屋の隅で、彼らのきびきびした動きをぼんやりと見ていた。

悪いな父さん、間に合わなかったよ。けどさ、おれひとりが面倒見るより、よっぽどよかったじゃないか、こんなにきちんとやってもらえてさ。

施設長からあらためて報告とお悔やみを、という段になって、そこで良一は途方にくれることになった。施設の守備範囲はその段階までで、そのさきは身元引受人で喪主となる良一が、取りしきらねばならないのだった。当然だという顔はしてみるものの、なにから手をつければいいか、さっぱりわからなかった。

長らく疎遠だった、ひとり暮らしの老父から、高齢者施設に入るから手伝えという連絡が突然あったのは、二年ほど前だった。良一は十数年ぶりに帰省して実家をたたみ、父が自分で選んでおいた施設で、手続きや入居を手伝った。

帰省といっても、良一が生まれた土地ではなかった。転勤続きだった父親がめぐった勤務地のひとつで、なぜ父がそこで老後を過ごすことにしたのか、とうとう知ることはできなかった。

父が、実家がある市の施設に入居してからは、良一は何度か、その施設を訪ねた。職員と顔なじみになっておいたほうがいいと思ったからだ。中学生のころ住んだきりで、とりたてて思い出もない土地は懐かしくなかった。父親との距離感が埋まることもなかった。

「あの、もしできれば、ですが……」

と、良一は施設長に訊ねた。周囲の職員が着ているのと同じ白いポロシャツ姿の施設長は、かなり若く見えた。

「こちらのハッピーホームさんで、葬儀社などは、ご紹介いただくわけにはいきませんか」

するとと施設長は、マスクのなかからおだやかな声で、短く答えた。

「それは、ちょっとむずかしいと思います」

彼のポロシャツの胸についている大きい名札に書かれた「毎日が楽しい♥ハッピーホーム」というキャッチフレーズを、良一は見つめた。

「そうだね、そりゃそうだ。わかりました、なんとかします」

「それで、遠くからおいでいただいたばかりで、お疲れのところ申しわけありませんが、このあと、お見送りをさせていただきます」

「え、お見送りって」

「施設には、安置させていただく設備はございませんので」

「ああそうか、そうですね、死んでるんだもんな」

「かさねて恐縮ですが、夕食の時間中にご出発、ということにさせていただいてます」

「というのは?」

「夕食の時間は入居者の皆さんは食堂にいらっしゃいます。そこを通らず施設を出ていただけますので」

「あ、なるほど」

父が、ほかの入居者とどんなつき合いをしていたかは知らないが、いや誰ともつき合ってはいなかっただろうが、どの入居者だって、ほかの年寄りが亡くなって目の前を通るのに、出くわしたくはないはずだ。

「じゃ、こうしてもいられないんで、ひとしきりやってみて、また、お声をかけます」

というと良一は施設長のもとを辞し、父の居室へ戻って、あちこちを探してみた。施設の夕食までにはまだかなり時間があるから、遺言とまではいかなくとも、なにか書き付けでも見つかるといいが、と思った。とにかくなにか作業をしていたかった。だまって遺体と向かい合っている気になれなかったのだ。

亡くなったばかりの父のすぐそばで、家捜しめいたことをするのは気がとがめたが、造りつけのクローゼットや抽《ひ》き出しを開けるたびに良一は「お父さん、ここ、見ますよ」と小さくつぶやきながら、探索を続けた。

医療用ベッドにほとんど占領され、洗面所とトイレと、小さいクローゼットがついただけの部屋には、さして探す場所はなく、実家から持ち込んだ整理ボックスのなかに青い表紙のノートがすぐ見つかった。さいわい、父の字でさまざまな指示が書きつけられている。書き込みは用件別になっていて、考えが変わった場合は線を引いて消し、その下に最新の、つまり書いた時点で最終の、決定を書き込んでいることがわかった。

〃葬儀なし告別式は家族のみにて儀式の類はなし〃

それが、ノートの最初に書かれていた。一度も書き直されていない。別のページには訃報を伝えるべき連絡先があったが、こちらはほとんどが乱暴に引いた線で消されていて、残っているのは、かなり前に亡くなっている母の、親族数人の名と電話番号だけだった。そのかわりかどうか、亡くなったときには、はるか以前に定年退職した会社のＯＢ会に連絡するよう大書されていて、それが赤枠で囲んであるのを見つけた良一は、苦笑しながらそれを見た。そういえば母さんのときは仏教式のよくある葬式だったけど、親父の会社の人がけっこう来ていたな。あの葬儀って親父が自分ひとりで取りしきったんだろうか。

ノートには、別にはさみ込まれているものがあった。ひとつは葬儀社のパンフレットで、裏面にあるマップと連絡先が、やはり赤枠で囲んであった。この施設の近くらしい。良一はそれを見ると、すぐそこへ電話してみた。

ほかには、便箋一枚にきわめて簡潔に記された遺言と、預金通帳が一冊あった。良一は便箋をひと目で読み、通帳の最後の日付と残高を確かめると、うなずいてノートにはさみ直した。タブレットを出し、これからすべきことで知らないことを――ほとんどすべてについてだったが――調べながら、ときどき葬儀社からかかってくる確認の電話に応じた。

そこからだんだんと、場面は順調な流れに乗った。ついさっきまで途方に暮れていたのが嘘のようだった。死亡診断書を書きにきた施設担当医師とのやりとりも、約束の時間を一分とたがえず「寝台車」を到着させた葬儀社への応対も、本当に自分がやったのかどうか、よくわからないうちに、着々と進んでいった。

そしていま良一は、納棺を待つ遺体が安置された小さい葬儀社で、「ご家族プラン」を契約しようとしているのだった。


市営斎場の火葬料が五千円ってのは助かるね。それで待合室使用料が三千円か、まあいいや。へえ、市民じゃないと火葬代は七万円もするんだな。それにしても「ご家族プラン」はありがたいよ。寺や神社や教会をどうするかって心配はないし、戒名だとか親類縁者がどうだとか、連絡だの香典だのお返しだのもないからな。知らん親戚になにかいわれたら、父の遺志ですといっておけばいいんだから。

このところ経済的にも体力的にも参っちゃってて、それなりの形で葬式をやらなくちゃならなくなってたら、おれが喪主なんて無理だったよ。昔は、おれの顔さえ見れば小言や文句ばかりだった父親だったけど、この葬儀社を探して決めといてくれたことには、礼をいうしかないな。

でも、ノートの指示にすぐ飛びついたのは、ケチケチしすぎだったかな。あまり質素すぎるのも、かわいそうな気がする。だからって親父の通帳から拝借するわけにもいかんし。そうだ、花はオプションでいろいろ選べるんだったよな、ちょっと多めに頼んでおくか――。そんなふうに、あれこれ見渡す余裕ができてみると、まごついていたのが、ばかばかしくも思えた。

良一が、きょう出会ってきた人たちは、ひとりの例外もなく、人生の幕引きを手伝う仕事の専門家たちだ。彼らがまごつくわけがなく、良一がそれぞれの立場や役割を理解し、うまく依頼できさえすればよかったのだ。

もっとも彼らに、臨終だの葬式だのは慣れっこですからという態度が許されているはずがない。分をわきまえ、受け身に構えるよう、日ごろから気をつけているはずだ。良一にしてみれば、その控えめさがかえって、とりつくしまがなく相談しづらいように感じられもしたのだった。

白や、ごく薄い紫など、さまざまな花かごや花束の写真が並んだパンフレットを、良一はそっと見直した。そしてこれから連絡しなければならない、もうひとりの遺族のことを考えた。

良一は、ここからかなり遠い、ある地方都市で、小さなカフェ・アンド・バーを開いている。

カフェやバーというと粋な感じだが、昔の純喫茶ふうにしたくて、そのような雰囲気で始めた店だった。喫茶だけでは経営が楽でなく、昼にランチセットをやり、夜は酒も出すようにしたのだった。

もともと良一は東京で、中堅食品会社の総務部に長く勤めていた。何社も採用試験をしくじってやっと入社した会社で、希望した業界ではなく望んだ部署にもつけなかったので仕事は面白くなかった。しかしやや早く家庭も自宅も持ったので、転職など考えたこともなく、堅実に勤務してきた。

それなのに、定年まで年数を残して退職してしまったのは、いま思えばさして重大でもない社内の人間関係のトラブルが原因だったが、あのときが潮目だったのだろう。というのも、食品会社の社員だからというわけでもないが、居心地のよさそうな地方の街で、懐かしい感じの喫茶店をやってみたいという思いが、いつのころからか大きくなっていたからだ。

しかしその考えには、妻も、ひとり娘も、大反対だった。

娘は短大を出て仕事についていたので、これを機会に独立させ、妻にはいっしょに移住して店を手伝ってもらおうと考えていた良一は、まったく甘かった。ほとんど毎晩のように怒鳴り合いが続き、うんざりした良一は、ひとりで東京の家を出て、そこに開店するつもりですでに手をうってあった、地方都市へ移ることにした。住宅ローンの残る自宅をうまく処分して資金にする計画が頓挫したのは苦しかったが、あとには引けない気がした。

さいわい、良一がその街を選んだ理由のひとつでもあった、自治体が推進する移住援助や起業支援が親切で、なんとかスタートがきれた。長年の趣味だったコーヒーの味や、品質のいい豆の仕入れには自信があり、小さな喫茶店なんて楽なものだと思っていた良一は、開店後も巡回してくれる支援スタッフのおかげで、苦手な宣伝や接客、コーヒー以外のメニューの充実などがいかに大切か、思い知らされた。

ひとり暮らしも店の経営も、安定させるのはむずかしかったが、東京での会社勤めよりはるかに気楽で楽しかった。常連客がついてくれ、扱いにくい客もいたが、同じような移住者や、ひと足早く引退生活をすごしている同世代もいて、彼らが持ち込む話題は、情報が飽和している東京で見聞するより、なぜか面白かった。ほどなく父が自ら施設に入居すると知らせてきたので、家族の協力が期待できなくなった介護の不安も、かなり解消されることになった。

ところが、想像もしていなかった新型ウイルスが、良一が店を出した地方都市にも広がりをみせた。大きくはないこの市も、感染拡大を抑えるため人出を減らさねばならず、飲食店に営業時間短縮要請が出た。すると良一の店は、たちまちきびしい営業不振に陥ってしまった。

移住と開店では世話になったし、受け入れてくれた地域のためにもと、良一は県庁や市役所からの指示や要請には即座に協力した。夜の売上が減るのは痛いが、もともと会合接待や宴会向けの店ではないし、ひとりで営業しているので、さほど打撃はないと考えてもいた。しかし、それは間違いだった。一見客は来なくなったなと思う間もなく常連の足も遠のき、閑古鳥が鳴く声すら聞こえない店になってしまった。

ウィルス感染と重症化の災厄は、大都市だけの問題ではなかった。この地方都市にも「クラスター」が生じ、無限連鎖こそなかったものの、いちどに多数の感染者数が発表されることは、小さな街の人心を寒からしめるには充分すぎた。そもそも地縁が〝密〟なだけに、どこの誰それが感染した、あの店やこの場所は危ないという風聞は、たちまち信憑性をまとって駆け抜けた。良一の店が間違った噂をされたわけではないが、来客ゼロの状態は打開できないまま、開店費用の返済は滞り、わずかな額だが意地で続けてきた妻子への仕送りも厳しくなった。ささやかな貯えはたちまち底をつき、閉店も時間の問題と覚悟するしかなかった。体調には問題がないと思い込んでいた父が危篤だという知らせを施設から受けたのは、そんな事態のさなかだった。良一の心をふさいだのは、驚きでも悲しみでもなかった。それは、父親の葬儀にかかる費用の心配だったのである。

通路をへだてた反対側の事務所がさわがしいのが、告別室のすぐ脇の小さな控室にいる良一の耳に、くぐもった音で響いてきた。

そのとたん、良一のいる室のドアが、乱暴に開けられた。

妹の敦子だった。良一が会ったことのない娘を連れていた。小学校の高学年になるかならぬかの歳ごろだろうか。

「お兄ちゃん！」

黒のアンサンブルに白いマスク姿の敦子は、大声を出した。

「いくらなんでも、わたしに連絡しないなんて不人情すぎる、ひどい」

良一は、自分のマスクの上に指を当てて「静かに」とささやいた。

「お前、どうやって知ったんだ」

「なによ人ごとみたいに。施設から連絡があったわよ。お父さんが入居するとき、連絡先が複数必要っていわれたから、わたしの連絡先を教えろって電話してきたの、お兄ちゃんじゃない」

「そうか、そうだったな。でもお前は、よそへ嫁に行った立場だから実家のことはまかせる、介護とかの話は今後しないで、っていってたからな」

「どうしてそれが、親の死に目に会わせないって話になるのよ。お兄ちゃんの不人情につき合ってたら、わたしが親不孝っていわれるのよ。そうなったらどうしてくれるの、せめてお通夜に間に合うように、大急ぎで出てきたんだわ」

あれ、亭主とは離婚したんじゃなかったっけ、誰がそんなことをお前にいうんだい——といいかけて、良一は黙っていることにした。口げんかにでもなったら、敦子はますます爆発するにちがいないからだ。

「電話しようとは思っていたんだけどな、あわてて気が回らなかったんだ。ともかく、ここでは大声を出さないようにしようよ」

良一のことばが届いたのかどうか、敦子は、入ってきたときから母親の後ろに隠れるように身をすくめている娘の手を引き、すぐ隣の告別室に入った。そして、たちまち声をあげて泣き始めた。それは誰が聞いても明らかなほど、大げさで芝居がかっていて、良一は顔をしかめた。

敦子が連れてきた娘だけど、小さいころ会ったことがあったかなあ。敦子とだって、電話で話すだけで、ずっと会ってなかったしな。それにしてもあいつ、まったくいちいち騒々しいやつだ。こんな小さな葬儀社でいくら騒いだって、なにがどうなるってものでもないだろうが――。

「お兄ちゃん！」

良一は、悲鳴に近い敦子の怒鳴り声に飛び上がった。

「お兄ちゃん、あんた、どれだけ景気が悪いか知らないけど、お棺までケチったの、お父さん、放り出してあるじゃない」

「敦子、いい加減に静かにしないか。おれは急いで来たけど、見送りには間に合わなかったんだ。さっきな、亡くなった施設からここまで連れてきていただいたところだ。湯灌を頼んだから、これから身支度をしてもらって納棺なんだよ。火葬場は混んでるんだとさ、だから予約できた日までここに安置してもらって、その日は、おれたち兄妹だけで見送ろうと思ってたんだ。ここの契約を確認してサインしたら、お前に電話するつもりだった」

「だって、こんなお葬式ってありなの。お通夜とかお経とか、どうなるのよ。これじゃ、お父さん浮かばれないわよ」

敦子は、しゃくりあげたかと思うと、また声を上げて泣き出した。

やれやれ、父さんのために泣いてるのかなんなのか、よくわからんな——良一は敦子をぼんやり見た。敦子は、おれの六つか七つ下だったよな、五十の手前くらいか。それにしちゃ老けてるよなあ、まあ、おれだってジジイに見えるんだろうけどな……。

静かに控室のドアがノックされ、担当の若い葬儀社員が顔を出した。うすいグレーのマスクで顔の下半分をすっぽり覆い、顔写真入りの名札をさげている。

「お茶をお持ちしました。契約書のほうは、よろしかったでしょうか」

良一は、ていねいに住所と名前を書いた契約書を、持ち上げてみせた。

「ありがとうございます。契約内容は確認できましたから。それから、お花を追加でお願いしたいなと思っているんですけれど」

ぴたりと泣きやんだ敦子が、急いで割り込んだ。

「ちょっと待って。わたしの確認が、まだすんでない」

「いや、これでいいんだ」

敦子は急に声をひそめた。

「なにいってるの。葬儀屋って、なにをやってくるかわからないのよ。悪徳なのもごろごろいるんだから。ちょっとわたしに見せてみて」

「だから、いいっていいってるだろうが。ここはな、おれが選んで決めたんじゃないんだ」

「だったら誰が決めたのよ、ここ、まさか施設と結託してる業者じゃないわよね」

「あの……」

と、若い社員が静かに声をかけた。

「お茶を、ここにお出ししておきますから、どうぞ、ごゆっくりご検討ください」

良一は赤面した。

「敦子、お前はちょっと黙っててくれ。お前に見せるものもあるんだ、だから待ちなさい」

「なによ、見せるものって」

「お父さんが遺していた〝やることメモ〟みたいなノートさ、ここも、それを見て知ったんだ。遺言と通帳もある」

敦子は、ぱたりと黙った。良一は妹にはかまわず、葬儀社との手続きを進めた。

「さあ、これで正式に申し込んだぞ。おれたちは、あさってのお昼前くらいに、またここに来ればいいだけだ。おれたちだけで告別式をやって、それから斎場にいくんだよ」

「遺言とか通帳、いま見せてよ」

「ここじゃだめだ。近くにファミレスでもないか聞いて、そこで見せる」

「わたしは運転してきたから、どこでもいく。早くして」

「そりゃ遠くから運転お疲れさまだったな」

それを聞いたのか聞かなかったのか、敦子は良一を無視するかのように娘をうながし、あたふたと出ていった。

良一は、もう一度、告別室に入ってみた。

ほとんど亡くなったときのままの状態で運ばれてきたばかりの父は、いまは目こそ閉じていたが、どことなく、きょとんとした感じがした。ふざけているようにも見える。施設で見たときは目が開いたままだったので、「えっ、わし、死ぬの」と冗談で驚いてみせて、そのまま死んでしまったかのように見えた。おれはこれからずっと、自分の父親っていうと、あの顔を思い出すのかな、と良一は思った。

「じゃ、父さん、あらためて見送りに来るから、もうちょい待っててな。ごめんよ、敦子と昔みたいにさわがしくしちゃって」

あれほど嫌っていて、怒鳴り合いばかりしていた父親に向かって、良一はそんなふうに、小さく声に出してみた。

「だめよ、これは」

さっきよりは静かだが、敦子の声は断固としていた。

「こんな遺言ってないわ、ありえない」

ファミリーレストランの店員たちは、みなマスク姿で、その数は明らかに少なかった。ここも時短営業で、閉店が近い店内には客の姿もほとんど見当たらず、透明パネルで間を仕切られたボックス席のひとつに、良一たちはのびのびと座ることができた。

飲食店ってどこも似たような状態なのかな、と思いながら良一は、コーヒーだけにしようと決めた。朝、食べたきりだが、食べる気になれなかった。そして、まだ名前も知らない敦子の娘に「さあなにが食べたいかな、なんでも好きなものにしな」と、メニューを開いてやった。

敦子は便箋に、くい入るように目を落としていたが、くりかえし読むまでもなかった。父の遺言書は、葬儀に関するノートの指示同様、じつに簡単だった。

〝遺産は諸々精算後の全額を、東新産業ＯＢ会・新友会の、創設六十周年記念事業に寄付する〟

「なんなの、これって」

　敦子は憤然としていった。

「お父さん、会社のOB会の世話役かなんかだったの」

「わからない、でも親父の性格からして、それはないだろうな。さっき部屋をざっと探した限りでは、会社に関係がありそうなのはOB会の季報みたいなのを綴じたファイルだけだったよ。ノートに書いてある連絡先は、ほとんど線で消してあるだろ。その知らない人たちは、昔の同僚でOB会の仲間だったかもしれない。亡くなって音信がないってことじゃないか」

「だったらなおさら寄付なんて変じゃない、ずいぶん前に定年退職した会社なのに」

「いや、会社にじゃなくてOB会にだからね。いまとちがって、同じ釜の飯を食った、みたいな親密感が同僚や職場にあった時代だったんだよ、OB会に連絡するようにって大きく書いてあるだろ」

　娘のハンバーグセットと敦子のチキンプレート、良一のコーヒーが来た。敦子は箸で食べはじめ、良一をにらみつけるようにして、こういった。

「あのね、誤解してほしくないの。こういう話をするために来たって、お兄ちゃんに思われるのはいやなのよ」

「誤解もなにも、こういう話って、どういう話だよ」

「わたしは、もらうべきものはもらう、ってこと」

良一は、はたち過ぎごろの敦子を思い出そうとした。会社の同僚や先輩たちから、お前の妹を連れてこいとか、美人の妹を紹介しろ、とよくいわれたものだった。妹のどこがそんなに見映えがするのかと良一は思ったものだが、あのころの敦子は、ほんとうに美人だったかどうかはともかく、にぎやかな性格の人気者だったことは確かだ。しかし、どういう縁があったのか、敦子は、人気者あつかいしてくれた良一の会社の誰かとではなく、テレビのコマーシャルがよく知られた、有名企業の社員と結婚したのだった。

そういえば、敦子の結婚に親父はしつこく反対していたけど、あのときは父さんにしたって文句なしの条件だったのに、なぜだったんだろうな、と良一は思った。

まあ、おれの結婚にだって反対だったし、進学や就職からして文句たらたらだったからな。だいたいおれの就職のときなんて、さしたる役職でもなかったくせに自分の会社へ入れなんて、簡単にいいやがってさ。でも、いまになってみると敦子は小さい子どもをかかえて離婚しちゃったし、おれはこんなふうだし、親父には将来が見えてたってことなのかな。

敦子は箸を休めず、苦労が多いシングルマザー事情をくどくど話していた。良一はそれを聞き流し、マスクをはずした敦子をあらためてつくづく見た。

えらく太って老けちまったなと思ったが、昔の感じがなくもないかな——いや、なにごとも自分の思い通りにならないと気がすまない性格が変わらんから、かえって昔のように見える気がするだけか。それにしても、あんなに見栄っぱりだった敦子が、こんなふうに話しているとは――。

　離婚のいきさつは知らなかったが、いまの敦子はたしかに、父親が亡くなったその日に「もらうべきものはもらう」と宣言し、得るべきを得なければならない境遇にあるのかもしれなかった。勤めた経験がほとんどなく家庭にはいった敦子は、仕事を見つけることも、娘を抱えて働くことも、容易ではないだろう。境遇が変わったら変わったで、どこまでも開き直れる女の強さを、良一は見ているのかもしれなかった。敦子は、おれなんかよりよほど、しっかり生きているのかもしれないな――そう良一は思いながら、敦子の食べっぷりを感心してながめた。

「なあ敦子、大声を出さずに聞けよ。この遺言には、従う義務はないと思う」

「えっ、どういうことなの」

「簡単にいうと、この遺言は法的には有効になってないはずだ。その手続きがすんでいないものなんだ」

「それじゃあ！」

「あわてるな。遺言書というものには、資産の具体的な額や在処も書いてないといけないらしい。これはそうなってないだろ。だから、寄付しろっていう親父のいいぶんはいったん置いて、おれたちふたりで遺産分割協議ってのがやり直せるはずだ」

「ああほっとした、来たかいがあったわ」

良一は敦子をじろりと見て、続けた。

「あのな、たったふたりの兄妹で、もめるつもりは絶対にないからな。おれもざっと検索したきりだから、あとで調べ直すなり専門家に相談するなり、しようと思う。そちらも納得いくまで研究しといてくれ」

「いいの、そういうことだったらお兄ちゃんにまかせるから、法律のとおりにわたしの取り分、決めて」

「ほら、お前のその態度だよ。こういうことは後から文句はなしだぞ。それにな、もっと大事なことがある」

「え、大事なことって」

「親父の通帳を見たじゃないか、残額はそれっきりだ。施設の精算でわずかに戻ってくるかもしれないが、それが遺産のすべてだよ。お前のいう法律でいけば、おれと半分ずつだし、かりにおれが全額お前に譲ったとしても、通帳にあるだけさ、奪い合うような金額じゃないだろ。だいいち親父がどこかにえらい借財をこさえてたり、べつの子どもがいたりすると、話がちがってくるかもしれんぞ」

「怖いことをいわないでよ——でもそうか、それが遺産ってことなのね。だったら、お父さんの月々の施設への払いが、あと一年持つかどうかの残高しかないってことじゃない」

「おそらく親父は、自分の体調をよく知ってて、お迎えが近いと感じたから、世話をしてもらうために、あれほど嫌がってた施設に入ったんだろうよ」

「あああ〜」

と、敦子は大きく伸びをした。

「あてがはずれたなぁ、残念」

「どこまで現金なやつだ、大騒ぎしやがって」

「悪かったわよ、でも、こんなの序の口よ、そうはっきりいっとくわ。この奈津実を抱えて、世の中は感染拡大でこんなことになっちゃって。いまの仕事だって、いつ切られるかわからないんだから。もし仕事がなくなったら、わたしどうやって生きていったらいいのよ」

「おい、また声がでかいぞ。くわしいことは知らんけどな、そうやっていちいちキレていないで、もうすこし、ゆるやかに考えてみたらどうなんだ」

「お兄ちゃんはなんだっていえるわよ、自分の好きなことだけして無責任に会社やめて、文代さんと友ちゃん放り出して」

「あのな、また泣きわめくつもりなら、マスクしろ。それから、放り出されたのは文代と友恵じゃなくて、おれのほうだ、間違えるな。お前に会って、おれが自分のいまの状態を訴えたか。ひとことも話してないだろ。だいたい、いまのお前の状態こそ、自分の好きなことをした結果じゃないのか」

「あ、ひとの話をちゃんと聞かずに、すぐそういういいかたをする。だいたいお兄ちゃんは昔から、ひとを押さえつけるようないいかたをするからね」

「ひさしぶりに会ったのに、ファミレスで兄妹げんかなんかしたくない、おれは」

「誰がどんなふうにいったって、誰がどんなふうに考えたって、お金はいるのよ。お金というものは、いらない、なんてことはないの」

良一は敦子を相手にせず、その娘の奈津実をまた見た。

「奈津実ちゃんっていうのか、奈津実ちゃんは、おれのことは知ってるかい」

「お母さんがいってた、伯父さんだって」

「良一伯父さんさ、お母さんの兄貴だよ、ごめんな、うるさくて」

「ふぅん……伯父さん、わたしのお父さんのことは知ってるの」

「さあ、良一伯父さんが知らなかった人なんだよ、お母さんが結婚したときに会ったことしかないんだ」

「ちがうの、そうじゃなくって、奈津実のお父さんがいまどこにいるか、知ってるの」

良一は思わず、敦子を見た。

「いつまでいってるの、この子は——さあ、わたしは帰るわね」

「え、そうなのか。もう遅いし、また金曜に運転して来るのは、大変なんじゃないか」

「誰が来るっていいました。あとは、お兄ちゃんにまかせる。わたしいま、仕事は絶対に休めないのよ。ここ、ご馳走になるわよ」

「そうか、まあいろいろ事情はあるだろうけどな、とにかく気をつけてな」

「気をつけろったって、わたしがいくら注意して運転してても、突っ込んでくる車はあるからね」

くそ、こんなひねくれた捨て台詞をくらって、それでまた、とうぶん会わないのかよ、と良一は思った。

おれも頑固なところがあるけど、おれも敦子も、子どものころから親父に文句のいわれ通しだったたからなのかな。いまの時代には無理だろうけど一発殴ってあとはさっぱりしているような、そういう父親じゃなかったからな。弁がたつというのか、いちいち理屈で追い詰める、うざったい親父だった。おれが早々に家を出て帰省しなくなったのも、敦子が親父に反対され続けた結婚をして、縁を切ったように出て行ったのも、父親がいないところへ行きたいということだったのかもしれん。それがどうだ、おれも敦子も、けっきょくは家庭がうまくいかなかったし、歳をくってきたら敦子なんか親父そっくりの文句たれになってるじゃないか。いや、おれもそうなっているのかもしれないが――。

敦子たちが店を出て行ってから、良一はメニューを手にとった。

明日は、こっちにいる間にかたづけたほうがいい手続きをできるだけやっつけるのと、施設の退出届けか。居室の私物は処分するしかないから、ごみ捨ての相談も必要だ。引き取り業者を呼ばなくちゃいけないだろう。いかん、宿をまだ見つけてなかった。まあ、いまはともかく、なにか食っておいたほうがいいな。

「お客さん、それは美味しくないですぜ」

と、背後で聞きなれた若い女の声がした。

びっくりして振り返ると、スウェットにパーカをひっかけて黒いマスクをした、娘の友恵だった。

「驚いたな、お前、どうしたんだ」

「お久しぶりでんな」

友恵は、マスクをわざとぱくぱくさせながらいった。

「さすがにお父さんには変装は通用しないね」

「連絡しなかったのに、よくわかったな、この店にいるのも」

「さっき出て行ったの、敦子おばちゃんでしょう。午前中に電話があったんだよ、敦子さんから。さっき葬儀社で、じいじに会ってきたの。事務所の人にお父さんがどこに行ったかわかりますかって訪ねてみたら、このファミレスの場所を聞かれた、っていうからさ」

「敦子に会ったたか」

「会わない。やり過ごしちゃった。午前中の電話でも、なんだか変なことといってるっていうかキレちゃってるみたいな感じでさ、落ちつくまでは、会わずにすむなら会わないほうがいいねって話になったんだよ、敦子おばちゃん、あさってまた来るの？」

「いや、いまから運転して帰って、もう来ないらしい。親が死んでも仕事を休むとクビになるらしいな。お前はそのなりで、東京から新幹線で来たのか」

「うん、空《す》いてるもん。でも新幹線を降りてからの乗り継ぎで、時間がかかっちゃった。バスがなかなかなくてさ」

友恵は「どっこいしょ」といいながら、引っぱってきたキャリーバッグをテーブルの脇に置き、ボックス席のシートにすべり込んだ。

「それより、敦子と会わないようにしようって話になったのは誰とだ。おれがいないうちに結婚して、ふたりで来たのかい」

「やだァ、やめてよ、ママとに決まってるじゃん」

「ママって、文代か」

「文代か、ってひどいんじゃない。いま来るよ、ママ」

ほどなく、妻の文代が店に入ってきた。友恵より背丈が低いが、同じようなスウェットとパーカに、いつもの眼鏡をせずマスク姿だった。

「あなた、どうなの、大丈夫なの」

「おう、いまのところはな。悪いな、東京からわざわざ来てくれるなんて。いま友恵にびっくりさせられてね。それで、お前たちのその格好はどうしたんだ」

「じいじを、お見送りした後で、施設とかで力仕事があるかなと思ったんだよ。だからママにはあたしの服、貸したの。自分たちの喪服も持ってきたよ、お父さんは自分の喪服を東京の家に置いたままだったでしょ」

「それも持ってきたけど、ほころびてるかもしれないわ」

「いいってママ。弔問とかはなくて、あたしたちだけのお見送りって、葬儀社の人が教えてくれたじゃん」

「それはそうだけど友ちゃん、喪主が破れた喪服っていうのはねえ」

周囲に透明パネルやビニールシートが貼られた、殺伐としたファミリーレストランのボックス席で、妻と娘のとりとめのない話がかわされていた。なぜかそこは、東京の自宅のダイニングテーブルのように感じられた。

良一は、ふと心に浮かんだことを、そのまま口に出してみた。

「あのさ、熱い緑茶が一杯、ほしくなった」

「ママ、殿が茶を一杯所望するだってさ」

「あなた、ここは出ましょうよ、市街のほうにホテルをとったの。頼めば三人泊まれるわよ。明日そんなに用事がないなら、そこで食べて寝たらいいわ」

「そうか、助かるよ。ここに住んだのはずっと昔なんで、土地勘がないもんだから宿をとるのがおっくうで、なにもしていなくてさ」

「まかせなって、ここは、お父さんの店があるとこほど田舎じゃないし、あたしたちがなんとかするから。市街のほうへはタクシーで行かずにバスと在来線で行こうよ。換気がいいからさ」

「そうか、すまん。なんだかお前たちが来たら、どうも生あくびが出て……」

「ママ、殿は、おねむだってさ」

良一は、文代が笑ったのに気づいた。以前より髪の色が明るいメッシュになっている気がする。それってつまり、白髪が増えたってことなのかな。良一は、この落ち着いた感じの女と、東京を離れた土地で喫茶店を開くことについて、あれほど激しく罵り合ったことが信じられなかった。


「ママ、こんなに高級な部屋じゃ、あたし寝つけないわ。なんだかホテルに悪いみたいだね、うそみたいに安くて」

「割引しても、宿泊のお客さんは、ほとんどいないらしいわね」

「混んでたらどうしようって思ったけどさ、ホテルの従業員さんたちもすごいね、なにかっていうと拭いてて。お父さんもああやって、お店を拭くの」

「ああ、世話になった役所の起業支援課が消毒用品を確保してくれてるんで、助かるんだ。まあ、いくら頑張って消毒しても客が来るわけじゃないけどな」

「同じ部屋で三人で寝るのって、何年ぶりだろうね」

「そうだな、友恵は小学校にあがる前から、ひとりで寝てただろう」

「あたし、遠慮してもいいんだよ、ご両人」

「友ちゃん、やめなさい。じいじのお見送りに来たんでしょ」

「ごめん、あたし微妙にハイになっているんだよ、たぶん」

「お父さんを寝かしてあげたほうがいいわ。きっと、じいじのことだけで疲れているんじゃないのよ。施設のことや葬儀のことは、お父さんが直接やることはそんなに多くないのに、なんだか心労があるみたいでね」

「お父さん、寝ちゃったね」

「寝ちゃったわね」

「お父さんって、昔から静かに寝るタイプなの」

「その反対ね、いびきも歯ぎしりもすごかった、会社員時代は。いまはどうなんだろうね。お店は大変だろうけど、楽しいこともあるんでしょうよ」

「おれのひどいイビキは、親父ゆずりなんだよな」

「なぁんだ、聞かれちゃったじゃん」

「もう終わり、友恵、寝なさい」

「じいじのお見送り、金曜日でよかったァ、土日休みで、あたし月曜は在宅勤務だから気楽だもん」

翌々日、つまり金曜日の午後、良一と妻の文代、そして娘の友恵の三人は、小さな葬儀社の告別室に来ていた。

良一より年輩の社長だという人が、おとといの若い担当者を伴って現われ、ていねいにお悔やみを述べ、進行の説明をします、といった。

「きょうは、ご親族さまのみ三、四人さまということでございましたね。マスクのご着用ありがとうございます。こういう状況ですので、わたしどももマスク着用で、ご説明をさせていただいております」

「つかぬことを伺いますが、いま葬儀も大変なんでしょうね」

「故人さまや関係者さまの、ご遺志やご希望最優先でして、感染対策をじゅうぶんしまして、変わらずにさせていただいています。それでも、やはり不特定多数のかたが集まる場では、当市でも感染が広がっているということもありますので、こちらさまのように近親者さまのみでなさるのは、ご安心だと思います。事態がおさまってから、あらためてお別れの会をするということでもよいかと存じますので」

社長は、そのほかの説明を担当者にまかせ、それが終わると「では出棺のお時間まで、お別れのひとときをごゆっくり、お過ごしください」といい、担当者と深々と礼をして出ていった。

良一は、父の棺に近づいた。「ご家族プラン」では、とりたてて特別な処置がされているとは思えなかったが、良一が頼んだたくさんの白い花々に囲まれた棺のなかで、父親は、おとといとはすこしちがう、おだやかな「寝顔」をしているように思われた。

「父さん、きれいにしてもらえて、よかったな。いろいろと、ごめんな」

と、良一は小さくつぶやいた。

「ねえお父さん、じいじ、なんだか、いい顔している気がする」

「友恵もそう思うか、おとといと、そんなに変わらないんだけど、おれもちょっと思ったんだ」

「あなた、このお花は、あなたが頼んだの」

「ああ、坊さんとかは呼ばないから飾りがないだろ。だからオプションの、お別れ花ってのを、ちょっと余分に頼んだんだ。後で棺に入れるって説明だったっけ」

「それはよかったわ。わたしね、こういう白い花が大好きなのよ。わたしのときも白い花、たくさん飾ってちょうだいね」

「おい文代、縁起でもないことをいうなよ、なあ友恵」

家族三人で泊まったホテルでも、きのう、いくつかの手続きをしに回ったときも、さんざん冗談を飛ばしては文代に叱られていた友恵は、その目を静かに微笑ませた。

「どうした友恵、おしとやかになって」

「ううん、わたしも、いいなあって思ったの。じいじ、よかったねって。わかんないけどさ、じいじ、いろんな人がどやどや来て自分たちの話ばっかりしてるお葬式だったら、いらん、って思ったんじゃないかな。こういうふうにしてほしかったんじゃないかって」

「だといいけどな、まだおれには実感がないよ」

友恵はつと、棺を離れ、隅に置いた自分のキャリーバッグを開けると、コピー用紙を取り出した。

「あのね、もし、お父さんがいやじゃなかったら、これを三人で読みたいの」

良一は、受け取ったコピーを見た。

「ナントカ般若波羅《はんにゃはら》――って、般若心経か、お経を唱えたいのかい」

「ううん、仏教がどうとかっていうことじゃないの、これは読まない宗派もあるみたい。宗教的な意味じゃなくて、お父さん、ひいばあちゃんのお葬式、おぼえている？　お父さんのおばあちゃんの」

「ああ、でもそのときは、ふつうの葬式というか、坊主が来て経文唱えていったろ」

「あたしはとても小さかったから、あいまいなんだけど、たしか、お骨といっしょに在所のお家に戻ったとき、まだお坊さんがいて、みんなでお経を唱えましょう、っていわれた記憶があるのよ」

「あ、そうだな、そんなことをしたっけな」

「ママも思い出したわ、親族だけで帰ったとき、菩提寺のお坊さんもいらしてね、小さいお経の本を配ったでしょう」

「あたしも、それを渡されて、こんなの読めないよって思ったの。そしたらお坊さんが、自分について来てくださいって。みんなで唱えることがいい、とかだったっけ。よくわからないなりに、子ども心にすごく印象的でさ」

「そう、その通りだ。ちゃんと読める読めないじゃなくて、近親者が声を合わせて唱えてあげるのが大事って話だったよ。あれはよかったな、おれたちだけなんだし、うまくできなくてもいいとなりゃ、やってみるか」

「マスクしたままで、ちょっと変だけどね」

「友恵、よく思い出してくれたよ、ありがとな」

「あのさ、お父さんにそんなふうにいわれたら困っちゃうよ。あたし、お父さんにあやまらなくちゃいけないんだから」

「なんだそりゃ、なんの話か、よくわからないな」

「お父さんが、東京の家は処分して地方でお店をやりたいっていい出したとき、あたし、キレちゃったじゃない。東京の家が好きだったから、お父さんと話し合いもしないで、そんなにやりたきゃ自分ひとりで行ってよって泣いたりしてさ、それで、お父さんが出ていったままになっちゃってたんだもん」

「友ちゃん、その話は、ママがさきにいうんだったでしょ」

「そうか――まあそれは、いまはいい。じいじにお経を読んでやるんじゃなかったのかい。おれたちで話してばかりいたら、じいじが棺のなかで怒り出すぞ」

文代と友恵は顔を見合わせて肩をすくめた。友恵は「そうだね、じいじのためにやるんだからね、じゃ、とにかく唱えてみようよ」といって、小さな声で「摩訶般若波羅蜜多心経《まかはんにゃはらみったしんぎょう》」と、ぎこちなく、しかしそれなりに節をつけて読んだ。良一と文代は、それぞれにコピーされた経文を見て、ふりがなをたどりながら、娘についていった。

三人とも、意味はもちろん、唱える調子も速さも、区切りかたも知らないので、最初の「観自在菩薩《かんじざいぼさつ》」で、たちまち読経は途切れそうになった。しかし、ひとりでもまがりなりに続けていれば、それを追いかけるように声を重ねることで続いていくことがわかると、一家の声は彼らなりの読経の形になっていった。

短い般若心経は、ほどなく読み終えられた。マスク姿の家族は、目と目を合わせた。

「やっぱし、素人にはむずかしいね」

と、友恵がいった。

「そうかい、おれは、なんとなく、お経になってるって思ったけどな」

「ママは、すごくいいわ、って思ったわよ。これ、わたしのときもお願いね」

「なんだ、さっきから、自分の葬式の注文ばかりじゃないか」

「ママは、白いお花をたくさんと、近親者がお経を読むのね、オッケー、じゃお父さんは？」

「いますぐには無理だよ、でも、なんだな、じいじはこうするようにノートに書いてたんだが、もっときちんとしたノートを作っとくよ」

「あたしは、どうしようかな」

「なにいってる、お前はまだずっとさきだろう、そんな話は」

「あら、それはわからないわよ。来週とかに死んじゃうかもしれないじゃん、ねえママ」

「そうよ、友恵のいうとおりですよ。だってあなた、わたしたち家族どうしなのに、こんなふうにマスクしていなければならないじゃない。じいじは感染がもとで亡くなったわけじゃなくて、ご自分のことをよくわかってもいらして、遺言もメモもあなたに残せたかもしれないけど、うちの家族の誰かが突然、なにもいい残せずにということが、いまは絶対にないとはいえないでしょ」

「それはまあ、文代のいうのは正しいよ、でも、こうして家族で声を合わせてみるとさ、そういうことにはならないいんじゃないかと思えるけどね、おれには」

「あたし、映画だったかな小説で読んだのかな、よくある設定なんだけど、前の日に家族の誰かとケンカして仲直りしないまま、朝出かけてって帰ったら、ケンカの相手が事故で死んじゃってた、みたいなのがあるじゃない。変な解釈かもしれないけど、事故で急に死んじゃうのは運命だけど、仲直りは運命とは関係ないじゃん、って思ってさ」

「失礼します」と、おだやかな声がした。三人が振り向くと葬儀社員がふたりいて、同時に一礼した。担当の若い社員のほうが続ける。

「これから最後のお別れをしていただきまして、続いてご出棺となります」

年かさの大柄な社員が、挨拶した。

「わたくし本日の運転をつとめさせていただきます、徳永と申します。お花と、ご出棺のお手伝いもさせていただきますので、よろしくお願いをいたします。ではご親族さま、こちらへお集まりいただけますでしょうか」

良一たちは、ふたりの社員のつかず離れずの指示を受けながら、棺に花を入れた。そして良一は、いつしかそれをほとんど妻と娘にまかせ、その様子をわずかに離れて見た。ほどなく棺は閉じられ、告別室の壁にも見える両開きの扉を開けると、すぐ外に寄せてある霊柩車に移される。棺はそのまま、キャスターのついたトロリーで持ち上がり、「喪主さまはお手をお添えください」の指示で、良一は棺を運ぶかわりに、トロリーの握りのひとつに手を触れる形になるのだった。

「ご親族さま、お三かたでございましたら、ご同乗いただけますが、そうなさいますか」

運転者の徳永に聞かれ、良一はうなずいた。

「敦子おばちゃん、来るかな」

と、友恵がいった。

「おとといもいったけど、来ないだろうな」

「あなた、ちょっと――」

と、文代が反対側の控室のほうから、良一を手招きした。

「ああ、なんだい」

「ちょっとこっちへ。控室へ来てちょうだい」

「あの徳永さん、ちょっとだけ時間、だいじょうぶですかね」

と、良一は運転者に確認し、文代に歩みよった。

「あなた、敦子さん、いらしてたのよ。奈津実ちゃんと控室にいたんですって」

「そうか、来たか。それはいいが、お前にややこしいことをいわなかったか」

「いいえぜんぜん、とても静かなのよ。電話してきたときとはちがいすぎるくらい。会わないようにしたのが申しわけなくって」

「いや実際おとといは荒れてたんだ。おれひとりで話すよ。もう出発だから、車に乗っていなさい。いや、おれがいくまでは外にいたほうがいいな」

うなずいた文代を後に、良一は控室に入った。

控室のソファに浅く座り、すぐ隣に奈津実も座らせた敦子は、おとといより小さく見えた。

「敦子、来てくれたんだな、お疲れさん。これから斎場にいくんだよ、お前も来るよな」

「お兄ちゃん、ごめんね、わたしも行っていいのかな」

「お前が来なくちゃ意味がない」

「わたし、昨日おとといと、こっちに泊まったんだ。いま、あちこち外出できないでしょ、だからほとんどホテルの部屋で奈津実の相手をしてやっていたの、すごくひさしぶりに」

「そりゃよかったな」

「奈津実も満足したみたいでね、だから、ねえ奈津実、お母さんとの約束を守って、きょうも、おとなしくできるよね」

ソファに姿勢よく座った奈津実は、マスクをしてなにもいわず、ませた目でうなずいた。

「それでお兄ちゃん、わたしも、おとなしくしているから、斎場、行ってもいいかな」

良一は思わず笑った。

「さっきからいってるじゃないか、お前が来ないと、始まりゃせんし終わりもせんぞ。斎場で最後にもう一度、顔を見てお別れができるそうだ。葬儀社の車は悪いけどおれたちで満員なんで、お前、車でついてこられるか」

敦子はうなずいた。

「さっき、お兄ちゃんたち、お経を唱えてたでしょう」

「ああ、あれは友恵の提案さ。友恵の話では、あの経文は読まない宗派もあるらしいんだけど、仏教とは関係なく家族でってことなんだ」

「わたしたちのおばあちゃんの、お葬式のときのよね」

「お前も、おぼえてたか」

「わたし、おじいちゃんの在所でお父さんに会うのはいやだったんだけど、菩提寺さんとお経を読むのが、とてもよかったわ」

「おれたちに声をかけりゃよかったのに」

「かけられなかった。お兄ちゃんたちがお経を読んでいる声を聞いたら、わたしはいっしょにいる資格なんてない、と思っちゃった。事務所にお願いして、お兄ちゃんたちには声をかけないでもらって、この部屋で泣かせてもらってたの」

「まあ気にするなよ、お前がちゃんとお別れをしにきたんで、親父も喜んでると思うぜ」

「どうして泣いたのかよくわからない。お父さんのためではないかもしれないの。でも、おといとはちがうのよ、自然に泣けちゃったの」

　コツコツと控室の壁をノックしながら、友恵が開けてあるドアから顔を出した。

「敦子おばさん、このたびは、ご愁傷さまです。ごめんなさい、急がせるみたいですけど、そろそろ車を出しますって」

「じゃ敦子、慌ただしくなっちゃったけど、出ようぜ」

「ええ」

「ぴったりついていこうって思わず、市営斎場を目ざせよ。遠くないそうだ。さきに斎場に着いたら、受付でおれの名前をいえばいい」

「わかったわ」

奈津実は目をくるくる動かして友恵に合図を送っていた。知り合っているらしい。良一が家を出ている間に、会ったことがあるのかもしれない。

「お母さん、友恵おばちゃんと遊んでいい」

「きょうはまだだめ、おとなしくする約束でしょ」

「奈っちゃん、あたしは、おばちゃんじゃないよ、イトコだよ」

「ああ、わかったわかった、ぜんぶ後にしよう、火葬場に遅刻するなんて、ありえないぞ、さあ行こう」


霊柩車は、まったく揺れなかった。走行中によけいな加減速をしないことはもちろん、発進や停止の圧迫さえ感じさせない徳永運転手に良一は感心し、助手席からときどき速度計に目をやった。

さほど混んでいない郊外の道を、車はゆるやかな川の流れに浮かぶ舟のように進んだ。

すると、左手の窓の外を見ていた良一が、小さく「あっ」と声をもらした。

後席の文代も友恵も、その声には応じなかった。車内にしばらく沈黙が続いた。

「なにか、ございましたでしょうか」

背筋を伸ばして前方を直視したまま、マスクを震わせもせず、徳永が静かに声をかけた。

「いや……すみません、自分がかよった中学校を通ったような気がしたもんですから」

「さっきのは宮の森中学校でした」

「ああ、じゃあそうです、ずいぶん昔のことですけど」

「市立中学校は統合が進んでまして、宮の森は、いまは地域センターになっておりますね、一階だけを使って」

「そうでしたか」

中学生のときにいたということ以外に、とりたてて縁があった街ではない。その中学校もなくなったとなると、これが終わったら、ここに来る理由はなくなったんだな——と良一は思い、徳永運転手と同じように姿勢を正して、前方を見た。

後ろの席から文代が身を乗り出し、白いマスクをした顔をのぞかせて前を見た。良一は振り返って、妻の目をわずかの間、見た。

霊柩車は、静寂を乗せて走っていった。

フランス料理を、買って帰ろう

I don't want to walk without you

夜もこれからがたけなわという時刻に、今夜の予約客、三組のディナーは、はやばやと終わった。

フランス料理店「レ・キャトル・セゾン」は、都心を離れた駅前商店街のはずれにある、静かなたたずまいの店だった。パリの高級店にいたこともある若手シェフの本格的な料理を楽しめるいっぽう、気どらない居心地のよさもあり、予約がとれない店として知られていた。さほど広くない店内は南欧の土壁ふうの造りで、料理と会話を楽しむ人たちの親しいにぎわいを、あたたかく包んだ。銀座でも青山でもない場所で、店は夜ごとに盛況を続け、予約を問い合わせる電話が、接客にさしつかえるほど鳴った。

しかし、開店三年目を迎えたこの春、追い風はぴたりと止まった。

世界を恐怖に陥れた新型ウイルスは、たちまち日本にも侵入し、その脅威はとどまるところを知らなかった。ついに政府が緊急事態宣言を発し、都も緊急事態措置を都民や事業所へ要請した。外出自粛や催事の中止で街から人の姿が消えていき、飲食店の多くが経営難に陥った。行列ができていた人気店があっけなく閉店し、名代の名店も廃業を余儀なくされた。「レ・キャトル・セゾン」も例外ではなかった。都からの対策要請にはすぐ応じたし、早いうちから店内にも気を使った。ただ、席数を減らしてテーブルの間隔を開け、透明パネルを立てただけで、もう店内は寒々しくなった。メニューや食材を見直して仕入費を節約し、人気料理を主役にしたお決まりのセットも工夫したが、やっと予約がとれた、待ったかいがあったと、おおげさなほど喜んで来店してくれた人たちはどこへいったのか、客の姿がまったくない日さえ、続くようになってしまった。

それでも今夜は、週末限定三組の予約がなんとか埋まっていた。といっても、そのうちひと組は、店の共同オーナーのひとりである圭一と、その姪の晴海だったが。


都心の情報機器会社に勤めている晴海は、オーナーとしてこの店をよく訪れる圭一に連れられて、あるいは圭一夫婦と、開店以来ときどき来ていた。

カジュアルな店だから、と圭一にいわれているので、今夜の晴海は、薄いブルーのブラウスと明るいベージュのジャケットだった。仕事のときする腕時計も忘れなかった。休日なのに、出勤帰りのような感じにならないよう気をつけたが、仕事をもっている、おとなの女性らしく見せたかった。だが、そういうスタイルをすると晴海は、かえって背伸びした女子学生のように見えた。

奥の席の二組へ挨拶している、白いマスクをしたシェフも若く見えた。叔父の話では晴海と同い歳かひとつ下らしいから、三十歳は過ぎているはずだが、胸に店名を刺繍した白いユニフォームで立っているところは、アルバイトのフロア係のようだった。パリで料理修業し、都心のシティホテルにある高級レストランに勤めてもいたのに、貫禄がまるでない。そのかわり、そこが親しみやすいと目されて、ホテルのレストランにいたころは雑誌やテレビの取材依頼がよくあった。料理のことではまったく遠慮のないことをいったが、その態度が人気となり、そこそこ顔が売れていたシェフだった。

これまでの客筋とはちがった、近隣の住人らしい二組から素朴な賞賛を受けたシェフは、ほどなく客たちを送り出すと、扉に近い晴海たちのテーブルに来た。

「あ〜あ、今夜もめげちゃいましたよ」

と、シェフの拓也は面白くなさそうに伸びをして、オーナーの圭一にこぼした。

「いまのお客さんたち、予約が楽にとれるようになったから来たっていうんですよ。近所の人だろうけど、今回きりでしょうね」

「いや、また来てくれると思うよ、そんな雰囲気だったな」

圭一は、慰めるともなく、あっさりそういった。

「さあどうでしょう、ああいうお客さんは、話のタネにいってみようっていうところですよ。ディナーメニューをコースだけにしたのは、はじめてのお客さんも注文しやすいし調理もまとまるんで、いい案でしたけど、どうなんですかね。親しみやすい店ではありたいけど、つまらないですよ、料理がわからない人に出したって」

圭一は、それにはとりあわなかった。

「まあ、すくなくともうちの姪は、ますますこの店に入りびたると思うから」

あら、それってどういう意味なの――晴海はそう思いながら、拓也に、かるく目礼した。

しかし拓也は、晴海のほうをちらりと見て、そっけなく「へえ、そうなんですか」といった。


すぐに晴海は気づいた。

〝ほら、また前と同じいいかた!〟

はじめてこの店に来たとき、叔父から拓也を紹介され、晴海は料理をほめた。そのときも「へえ、そうですか」と、気のない返事をされたきりだった。まともに相手にされていない気がする。

今夜の晴海は、さすがにむっとして、シェフをにらみつけた。

〝わたし、シェフの気にさわるようなことは、いちどもいっていないはずよ。なのにどうしていつも、その態度なの〟

晴海は、圭一を見ながら、心の中で続けた。

〝このシェフは苦手だけどさ、叔父さんがさそってくれると、ちゃっかり来てしまうのよね、料理はすごくいい店なんだもの〟

圭一は、晴海に見られていることには気づかず、のんびりいった。

「そういえばシェフは、うちの姪とは、ほとんど話したことがないよな。なあ晴海、今夜の料理の感想なんてどうだい」

晴海は驚いて眉をひそめた。

〝だめよ圭一叔父さん、今夜のわたしにそんな話をさせたら、まずいことになるかもしれないよ。わたしの性格、よく知ってるくせに〟

自分でもわかっているが、いいたいことがあると黙っていられず、ひとこと多くなってしまうのだ。かならず後悔するくせに、つい波風を立ててしまう。

困ったことに今夜は、いや、今夜もまただが、コースメニューの仕上がりに気になるところがあった。近ごろは来店するたびにそれを感じる。飲食業はとりわけきびしくなっているからしかたないと、思うようにしていたことだ。

〝困ったわ――いってしまってシェフが怒りだしたって、わたしはかまわないけど、圭一叔父さんはそうなってもいいの〟

「さあ晴海、どうだね」

知らないからね――と、晴海は叔父を軽くにらむと、慎重に話しはじめた。

「いつもながら、メインのお肉料理では一本とられたって感じですね。ひと口いただいただけで、やっぱりフランスの味よねって、感動しちゃいました」

すると拓也は、ひとことだけ訊ねた。

「へえ、どこでわかったんですか」

思ったとおり、さっきと同じ、気のなさそうな調子だった。

そのいいかたに晴海は「つまらないですよ、料理がわからない人に出したって」と同じものを感じた。わたしって過敏すぎるのかな、と自分自身にややいらだちながら、ほめておけば間違いないところだけいっておくことにした。すこしでもお世辞っぽいとたちまち感づかれるだろうから、ますます注意して話した。

「やわらかい、いい赤身のお肉のしっかりした味が、じわっと広がるんです。箸で切れるほどっていいますけど、シェフのお料理って、そうじゃなくて、パンチが効いているんですよ。ナイフを入れた感じとか食感も、ヤワではないところが好きなんです。ソースはいつもどおり、なめらかでストレートな味で、ばっちりお肉の引き立て役になってますよね。攻めた料理のようで繊細で。だからわたし、お肉のときワインは白にしてるんですよ。気どってケチケチした盛りつけじゃなくて、お皿がにぎやかな感じもいいですね、ここのお店らしくて」

拓也はすかさず応じた。

「そのままテレビや雑誌に使えそうな、いいコメントですね」

そのいいかたは、ひどく晴海の疳《かん》にさわった。

ちらほらとシェフの拓也を見上げては、面白そうに聞いていた圭一は、晴海にいった。

「またえらく絶賛したね、じゃあ大満足か」

それを聞いた晴海は、とうとう、こういってしまった。

「いいえ！　大満足どころか、不満足もいいところです」

拓也が、ぎょっとしたように見た。かまわず晴海は続けた。

「よかったのは、メインのお肉料理だけですよ。それ以外は、お話になってないでしょう、それって、わたしがいうまでもないんじゃないですか。わかってて、こんなコースになっちゃってるわけ？　しばらく前から、わたしが来る日は、いつもこうですよね。今夜だって、いつものお肉料理までは、叔父さんたちはどうして、こんな料理を出すようになっちゃったお店のオーナーをいまだに続けてるのって、思ってたくらいです」

圭一も驚いたようすをみせた。しかしなぜか、にやりとした。目をつり上げてなにかいおうとする拓也にかまわず、むしろ晴海を煽《あお》るかのように、冗談っぽくいった。

「おっ、辛口いいねぇ、それから？」

「アントレの種類が少なくなっちゃったのはしかたないとしても、どれも味も色も似てるのはどうなんでしょう。開店したころは前菜でいきなり感動だったのに。ポワレは冷めぎみだったし、べちゃっとして、白身の味がどこかへいってました。こんなコースはやめて、メインひと品だけの定食でもやればいいんじゃないですか」

ひと息にいって、晴海は不機嫌そうにそり身になった。自分にも腹を立てたのだった。

〝ああ、ずっと気をつけてたのに、ひさびさに爆発しちゃった。だからさ、わたしってこうなるのよ。黙ってりゃいいのに、とことんいわないと気がすまなくて、なんだってぶち壊しにしちゃうの。まったく、どうせわたしは空気の読めない女ですよ〟

晴海は、腹立ちまぎれに、このさいだからと続けた。

「パティシエとしてだって名人級なのに、近ごろのデセールのやる気のなさはどうしたのって感じです。選べるお菓子を二種類に限ったのは、きびしい事態だしよくわかります。でも、メインのお料理はいつも以上にすばらしかったのに、チョコレートがどうして安っぽいのかしら。よく〝別腹〟っていいますけど、あれじゃいらないくらいですよ。自慢のコースをデセールでダメにしちゃうレストランなんて、ありえなくないですか?」

＊

晴海は、子どものころから、だまっておとなしくしていることができなかった。

いいたいことがつぎつぎに出てきて、いわずにはいられない。胸にしまっておくことが、どうしてもできないのだ。生意気いうんじゃない、あげ足とりはやめなさいと、いくら叱られても、やめられなかった。

中学そして高校と、世の中に敏感になるにつれ、いいたいことはますます多くなり、ませた女の子らしく、周囲が鈍感に思えるせいか、すぐに喧嘩腰になった。同級生ばかりか教師にもくってかかるので、全校レベルの困ったちゃんになってしまった。友だちができないから読書ばかりしていたが、本で知識がつくと、いいたいことも増えてしまうので、好きだった読書をやめていたことさえある。

そのころ「ＫＹ」と、誰がいい出したのか、空気（Ｋ）が読めない（Ｙ）態度を過剰に嫌悪する風潮が流行した。

女子高生の間ではじまったというから、はじめのうちはせいぜい、仲間うちの文句たれやお調子者を揶揄《やゆ》する符丁だったのだろう。しかしそれは、たちまち若い世代に広まり、彼らが成長するにつれ、おとなの社会にも持ち込まれた。

ひとこと多い、さし出がましい、気がきかない——そういう人の和を乱す態度には気をつけましょうという程度なら、昔からある処世術とさして変わらない。しかし「ＫＹ」は、これまたいつしか広がった、過剰なほどの同調主義を背景に、人間関係の気分が多少ゆらぐにすぎない、ささいな「ミス」さえ嫌うのだった。うっかり「空気が読めない」とアウトになり、アウトになったら退場なのだ。

高校時代の晴海は、周囲の生徒たち、とりわけ女子から、アウトにされていることはもちろん知っていた。自分はさぞかし「うざい」だろうとさえ思っていたし、高校も三年になると、許せないことが多くなりすぎ、いちいちくってかかるのも面倒で、晴海は表面的にはむしろおとなしくなっていた。三年生のときのクラス替えで、晴海と同級になった女子たちは、じつはおおげさに渋い顔をしてみせたが、晴海の言動がもとで空気が乱れるなどということは、じつはなかったのだ。

それでも、卒業が近いある昼どき、こんなこともあった。

「なあ、これ食ってもらえないかな」

弁当箱を開けて顔をしかめたのは、晴海の隣の立花という男子生徒だった。バスケットボール部員で上背があるから、教室のいちばん後ろが定位置の立花と、仲間はずれなので席替えのたびに最後列に追いやられる晴海とが、席を並べていたのだ。

「おれ、キュウリってマジでダメなんだ。捨てるわけにもいかないし、残して帰るとさぁ」

「どうなるの、お弁当、残すと」

立花は、箸でキュウリをそっとよけながらいった。

「いや、親が悲しがるもんで」

「ふうん——わたしが食べてよければだけど、じゃ、かわりにこれ、食べる?」

晴海は、サンドイッチをひとつ渡した。

「キュウリ、はいってないから」

立花は笑った。

「このサンドと、おれのキュウリじゃ不公平だよな、玉子焼きも食えよ」

「悪いわ、立花くんのお母さんに」

そういえば、隣の席どうしなのに、いままで話したことがなかったんだ——と思うままに、晴海は訊ねてみた。

「立花くん、大学でもバスケットボール、やるの」

立花は、サンドイッチを吹き出しそうになった。

「まさか、おれ補欠だよ」

「うそ！」

「背丈があるだけで、運動神経それほどないんだ、おれ」

「そうは見えないけどな」

「バスケで特待生みたいなのに、なれたらよかったけどね、おれのうち、共働きだから」

「そっか、お母さんが忙しいのに作ってくれるなら、好ききらいはいえないね」

「看護師でさ、早番もあるけど、できるだけ作るっていうんだ」

「じゃあ、卒業までわたしが責任持って、キュウリ食べてあげるよ、わたしのおかずと交換で」

立花はまた笑った。

「おまえ、けっこう面白いやつなんだな」

放課後、晴海は五、六人の女子に取り囲まれた。

「あんた、ほんとうに空気が読めないったら、ないね」

険のある調子で切り出したのは、代表格の女子だった。まったく意味がわからない晴海は、きょとんとして、その生徒を見た。

「この子さ、立花くんが好きなんだよ、なのにあんた、お弁当の交換なんか見せつけちゃって」

気づくと、その女子グループのなかに、半べそになっている生徒がいた。

晴海は、はじめに話しかけてきた生徒を無視して、半べそ女子の前に立った。

「わたし、クラスの女子と話さないから、なにも知らなかったんだよ。あなたは立花くんにもう、好きっていったの？」

半べそは、首を横にふった。

代表格が割り込んできた。

「あんたみたいに悪目立ちしたい女子なんていないんだよ、気がきかないったら」

「誰がいつ目立とうとしたかしら」

晴海はそういい返すと、さらに一歩、半べそ女子に詰め寄った。

「どうして好きって伝えないの。はずかしくていえないんだったら、この子たちにいってもらえばいいじゃない。わたしが誰かと話をすることが、なぜ目立つの。毎日こそこそ観察してたんだったら、わたしがきょう、はじめて立花くんと話したこともわかってるよね、それでどうしてわたしが責められるのよ。わたしは男子とも女子とも、クラスの誰ともつきあう気なんかない。席だって替わってあげる。立花くんのキュウリ、思うぞんぶん食べればいいじゃない」

翌日、登校した立花は驚いた。

廊下側の自分の席の、隣の机は消えていた。

晴海は窓側の最後列の、さらに後ろに机を持っていって、ひとりで座っていた。ふたりの目が合ったが、立花は席を立ってこなかった。

半べそ女子はもちろん、立花の隣には座らなかった。

担任教師は不審そうに最後列を見比べたが、晴海に「机を戻せ」とはいわなかった。

＊

晴海は両親を亡くしていて、圭一叔父の家で育った。

高校卒業後は、大学にいくつもりはなかった。学費などの面で叔父夫婦に遠慮があったのかもしれないが、それより、同世代ばかりがぞろぞろ集まる学校という場所に、つくづく嫌気がさしていた。

しかし、叔父に強く勧められて進学してみると、周囲の学生は知らない顔ばかりで、中学や高校の同窓生たちとは縁がなくなったためもあってか、気が楽になった。

いい機会だから、だまっている練習をしてみよう、と晴海は考えた。

空気が読めないと決めつけられるのは、じつはさほど気にしたことがなかった。うまく同調できず、そのうえ違和感をすぐ口にする性格は、容易なことでは変えられないと思ったし、変えないほうがいいという気持ちもあった。早くから誰にも影響されずひとりきりで考えて行動してきた晴海は、自分が病的な性格ではないかと悩むことはなかった。しかし、協調性がないことばかりがあげつらわれて、将来の選択肢が減ってしまうとしたら、そんなことは願い下げだった。

〝協調性なんて、あるふりができればいいんでしょ〟

そう晴海は思った。

〝わたしは、だまってられないところと、ひとこと多い話しかたがいけないんだから、そこさえなんとかすればいいんだし〟

晴海は正しかった。

さっそく練習してみると、拍子抜けするほど簡単に成果が出た。はじめのうちこそ、なにかいいたくなると心の中で数を数えたりしたが、すぐに必要なくなった。もちろん、空気が読めて、だまっていられるだけではだめで、晴海がつねづね嫌悪してきた、おもねるような賛意や追従を表現する技術も必要だった。だが、それもほどなく身についた。

晴海の周囲の学生たちは、豊かな時代に育って生活の不安を知らず、変化を好まなかった。そんな彼らにくってかかる意味もないので、晴海が以前のような声をあげるのは、積極的に議論しなさいという設定で参加させられる、少人数の授業のときぐらいだった。

ところが、せっかくそうなれたにもかかわらず、晴海はある日、自分が〝うるさいイチャモン女子〟と噂されているのを知った。授業でせいぜい数人の学生をやり込めたことがあるほかは、講師に「ほんのすこし意見してあげた」ぐらいだと思っていたのに、それらのできごとを広めたやつがいたらしい。

そのとき晴海は、ほとんどはじめて、悲しくなった。

うざいやつ、といわれるのはつらくなかった。慣れっこだった。いまさらそれが悲しいのではなく、そのころ晴海は、黙っていられないこと、いっておかなければいけないと思ってきたことのすべてが、つまらなくばかげた、くだらないことだったと感じるようになっていたのだ。いままでの自分が、ひどく愚かに思えた。

〝わたしはこれまで、自分だってつまらない存在なんだ、ってことは考えてもみないで、つまらないあげ足をとっていただけなのね。イチャモン女子、それはたしかにわたしのことだわ〟

ちょうどそのころ、たぶん噂のもとになった授業で、担当講師が「人間は他者との関係によって存在するという思想があるが、それについて議論しよう」と提案した。晴海は、感じつつあった悲しさの奥に広がっている、満たすことができない空洞を発見された気がした。思わずうつむき、こう思った。

〝わたしは、ほかの人と関係なんて持ったことがない。持てないの。育ちかたがちがうのは、わたしだけではないはずだから、早くに両親を亡くしたからだとは思ってないけど。変わってるといわれて、ひとりにしておいてもらえるほうが好きだったのはたしか。でも、そう思うなら口を噤《つぐ》んで、目立たなくしていればいいのに、つい突っかかるのはどうしてなのかな。なぜいつも『それはちがうよ』と思ってしまうんだろう。さびしいからじゃなくて、そもそも、ほかの人と関係を持ちたくないってこと？　先生は、ほかの人とのつながりがあってこそ自分らしくなれる、っていったの？　わたしにはできないし、したくない。だからって、わたし、このままでいいんだろうか――〟

めずらしく、討論授業のはじめから終わりまでひとことも発さず、ほとんど目を伏せたきり、しょんぼり教室を出ていく晴海を、講師はやや心配そうに見た。いつも自分なりに考えをまとめて、いうときは相手が学生だろうと講師だろうと、遠慮なしでくる晴海を、かねてから評価していたからだった。

もっとも晴海は、悲観してばかりはいなかった。いうまでもなく負けず嫌いなのだが、負けたくないのはいつも、気持ちの弱った自分にだった。卒業して社会人になることを、必要以上に不安がりもしなかった。むしろ、こんな自分が世の中と折り合えるかどうか、早く試したかった。

そこそこの協調性を意外に短期間で身につけられたのは収穫だったが、学校という環境に合わせて練習したものでしかないから、社会でも通用するものではないと、自分を戒めていた。変装のようなものとわかっていたので、すくなくとも人前で化けの皮がはがれないように、話しかたはもちろん、外見にもあらためて気をくばった。

そのおかげだったのかどうか、就職活動の学生たちにまじってスーツ姿で学内を急ぐ彼女を見かけた男子学生たちは、目を見はった。そして、ややこしいやつらしいけど誘ってみようかと、こそこそ相談したりした。

なぜなら晴海は、見るからに性格の悪そうなイチャモン女子どころか、人好きのする朗らかな表情と、相手が気後れしてしまうほど深く美しい翳《かげ》りとを合わせ持った、この大学の女子学生のなかでも目立って魅力的な存在だったのだ。

＊

レストラン「レ・キャトル・セゾン」は、静まり返っていた。

晴海は目の前に置かれたエスプレッソカップを見つめた。

料理の話をしている間は、目をそらさずにシェフの拓也を見ていたので、拓也がいまにもキレそうなのはわかっていた。

怒りたかったらどうぞ、と晴海は思った。

〝でも怒るなら、同い歳か歳下のくせに、どうしてわたしを見下すような態度だったのか、説明してほしいわ、どれほど偉いシェフかは存じあげませんけど〟

晴海は、あらためて圭一を見た。

〝だいじなシェフの料理をさんざんけなしちゃって、叔父さんも怒ってたでしょ、ごめんね〟

ところがその圭一は、あいかわらず不気味なほどニヤニヤしながら、「もっとやれ」といいたげな顔をした。晴海はよくわからないまま、目の前のカップにまた目を落とすと、つい、もうひとこといってしまった。

「最後のコーヒーですけど、逆に感心しちゃいましたよ。コンビニのといい勝負じゃないですか。だいたい熱くないエスプレッソって、どうやって作るの。お子ちゃまのわたしのために、冷ましていただいたんですか」

シェフの拓也がとうとう、たまりかねたように早口でいった。

「どうもいろいろご指摘いただいてありがとうございました」

これ以上なにかいわせないような、固い声だった。

しかし晴海はまったく臆せずに、すかさずいった。

「あらそれだけですか。だいぶ前にテレビで拝見したとき、調理なさりながら、けっこうきびしい発言されてましたけど」

「さあ、おぼえてないな、なにかいいましたっけ」

「なまなかなウンチクをいったタレントさんに、フランスで食事してみてからにしてよ、とかなんとか。あれ台本じゃなかったんでしょう、フランスでなにか食ったこともないくせに、おれのフレンチをどうこういうな、って意味だったのよね？」

「テレビでそんな乱暴なこといいませんよ。でも、そうまでおっしゃるからには、もちろんフランスでいろいろなお店にいかれたうえで、ケチをつけてるわけですよね？」

「シェフにケチをつけたんじゃありません、シェフのお料理はすばらしいんですよ、さっきだって、はじめはそういったじゃないですか」

〝もう！　圭一叔父さん、助けてよ！〟

しかし圭一は、助け舟を出すどころか、こんなことをいい出した。

「晴海はさ、パリにいたときは、ずいぶんいろんなレストランにいったんじゃなかったかな」

シェフの拓也が、やや驚いた顔をしたのに気づかず、晴海はとうとう圭一にも腹を立てて、乱暴に答えた。

「いかないわよ、わたしひとりではレストランなんて、そうそう入れませんから」

〝わたしったら、いいかげんにやめなよ、今夜はどうして意地になってるの、こんなこと、ずいぶんなかったのに――〟

*

晴海は子どものころ、両親を交通事故で亡くした。

圭一は、晴海の母の弟で、子どもがなく、晴海は圭一の家に引きとられることになった。そして圭一夫婦には実子がないまま、晴海がひとり娘のように育ったのだった。

学費のことは心配せず、いきたい大学を受験しなさいと、圭一にいわれるまでは、高校を卒業したら働くつもりでいた。大学進学にあたっては、奨学金やアルバイト収入もあるから、ひとりで下宿するといった。もちろんいまの会社に就職するときも、自活すると宣言している。しかしそのたびに、さびしがる圭一の妻に請われて、晴海は圭一の家で暮らし続けてきた。いまもそこから通勤しているのだった。

「わたしが悪かったのよ」

と、叔母はいった。

「子どもがなかったから、晴海が来たのがうれしくて、過保護になってしまって。両親を亡くしたのに荒れたりしない、いい子だったから、いつまでも身近にいてほしくてね。ほんとうは晴海は、わたしたちに気を使ってばかりいて、この家は早く出たかったのよね」

学校の保護者面談にいくたびに叔母は告げられていた。協調性がなく、ほかの生徒と問題を起こしがちで、生徒の親から苦情も来ていると。晴海にいい負かされたことがあるのは黙って、反抗的だと決めつける担任もいた。そしてどの教師も、遠慮したふうを装いながら、両親がおらず親類の家で甘やかされているのが原因では、とつけ加えるのを忘れなかった。

叔母は晴海に、すまなそうにいった。

「わたしたちに負担をかけていると、いつも感じなくちゃならないから、この家ではのびのびできなくて、外で乱暴する子だったんじゃないの」

晴海は苦笑した。

「まさか、そんなふうに思ったことなんてないよ。ひとりで住むっていったのは、叔母さんたちが嫌いだとか居づらいからじゃないわ、誤解しないで」

「晴海がここに来たときは、まだ小学生だったのにとても大人びていたものだから、うちの娘になるのよ、わたしをお母さんだと思ってね、なんてわけにはいかなかったのよ。亡くなった両親の話は、つい避け続けてしまって、晴海の思うところを確かめたこともなかったでしょう。わたしも、親ではないからという思いがいつもさきに立って、きちんとした〝しつけ〟ができなかったの、ごめんなさいね」

「あやまるなんて変だよ、だいいち無理して親子になろうとしたら、ひどいことになっちゃったかもしれないよ。わたしみたいなやつって、ひねくれるじゃない。わたしのお父さんやお母さんのことはね、あまり急だったし、おとなになったいまでも筋道たてて話すのはむずかしいの。意固地になって話さなかったわけじゃないの」

「でも、晴海のほんとうの気持ちを訊ねることも察することもできなかったのは、わたしが至らなかったんだから」

「そんなことないって」

「晴海が、気が回らないとか態度が乱暴だとか、女のくせにって世間でいわれるのだけは、なんとかしたいと思ってねえ。でも、わたしはそれほどでもないと思うんだけど、慣れかしら？」

そういって叔母は笑った。

晴海も笑いながら答えた。

「わたし、自分の性格、自分でわかってるし、しつけ不足のせいなんかじゃないよ。常識がなさすぎるとか、とんでもなくお行儀が悪いなんてことはないでしょ。でも、いくらおしとやかにしても、人がいやな気分になるようなことをいちいちいうようじゃ、やっぱりだめかァ」

「だめかァって、あんた、ほんとに会社でうまくやれているの？」

「だいじょうぶだって、心配しすぎよ」

圭一は、晴海を引き取るのは、正直いって煩わしかった。

亡くなった姉が、いっときもおとなしくしていない、ませた子だといったことがあるのが気になったし、子どもを育てたことがないのに、すぐに思春期を迎える女の子であることも不安だった。

カミさんにまかせよう。晴海が、おれになじめないなら、いつまでも無視しててくれりゃそれでいいさ——。

そう考えた当時の圭一にとってさいわいだったのは、迎えられた晴海は、どうしても必要な用のとき以外、めったに口をきかなかったことだ。つらい経験をしたのだから、本人がいいようにさせよう、そっとしておいてやろうじゃないかと、圭一夫婦は話し合った。小学生の子どもがいるのに、圭一の家の中はそれまで通りいつもひっそりしていた。

晴海が転校先の小学校に通いだしてしばらくした、ある日の午後、圭一の妻がひどく取り乱して、会社にいた圭一に電話してきた。

晴海が、クラスの男子ふたりと大げんかして、けがをさせたという。

ひとりは突き飛ばされて倒れ、すり傷をこしらえた程度だったが、もうひとりは肘に嚙みつかれ、ややひどいけがをした。しかし晴海も眉の上を切り、かなり出血していた。その傷はいまも小さく残っている。

あわてた圭一が、子どもたちがかつぎ込まれたクリニックに駆けつけてみると、つきそっていた担任の話では、三人ともいくら問い詰めても、けんかの理由をいわないという。それでも、男の子ふたりの親たちが、女の子の顔に傷をつけたと、むしろ恐縮してくれ、その場は収まった。

頭に斜めがけに包帯を巻いた晴海を連れ帰ると、飛び出してきた妻が半泣きで質問攻めにしかけたが、圭一はそれを止め、晴海と食卓に向かい合って座った。

「どうして、これほどのけんかになったのか、やっぱりいいたくないか」

晴海は、はっきりうなずいた。

「わかった、いまはいい。そのかわりいつになってもいいから、話したくなったら話してくれるか」

晴海はまた、こっくりした。

「それはそれとして、約束しようじゃないか。これからはお互い、いいたいことがあったら、はっきりいうこと。わざわざいわなくてもいいっていうこともあるだろうけど、この家では、できるかぎり嘘やごまかしはなしにする。伝えたいことはしっかり伝え合うんだ、わかるかな」

「わかる」

「じゃあ、きょうから、いままでみたいに『ねえ』とか『ちょっと』とか、なんとなく『こうしてくれるかな』な感じで話すのはやめよう。まずその練習に、おれたちは『晴海』と名前で呼ぶから、晴海も『すいません』なんて話しかけるのはやめて、『圭一叔父さん』『洋子叔母さん』と、しっかり名前で呼びなさい」

するとそれをきっかけに晴海は、文字通り堰《せき》をきったように話すようになった。

これが姉さんがいってた、黙っていられない子ってわけか、と苦笑いしながら圭一は、晴海の際限ないおしゃべりや汲めどもつきない質問につき合うのが、楽しくてたまらないことに、われながら驚いた。そして、けんか事件のあとしばらくすると、圭一の家庭はこんな感じになった。


「圭一叔父さん！」

「おう、どうした」

「呼びかけたり、なにか頼んだりするときは、きちんと名前を呼ぶことにしたんだよね」

「そうだよ」

「でも叔父さん、洋子叔母さんのことは『おい』って、いっているよね」

圭一は、思わず顔をしかめた。妻の洋子がすぐにキッチンから出てきた。

「そうよ、オイ、としかいわないのよ」

「叔父さんたちは恋愛結婚なの」

「あ、ああ――それはまあ、そうだな」

「結婚するころは、なんて呼んでたの、洋子叔母さんのこと」

「わたしはね、圭一さん、っていっていたんだけど、この人はね」

「いいじゃないか、そんなことはどうでも」

「だめよ、晴海にはまじめに約束させておいて、ごまかしちゃ」

「ヨウコさん、とかだったの」

「わたしの洋子のヨウから『ヨウちゃん』って」

「いいじゃん！　じゃあ圭一叔父さんは、そう呼ぶんだよ」

「そうよ、ヨウちゃんで、お願いしますわ、圭一さん」


そのとき圭一は思った。こんなに笑っている妻を見るのは、何年ぶりだろうと。

すっかりおとなになった晴海がいまそう呼んでくれるのと同じように、幼い晴海が「圭一叔父さん」と呼びかけた日のことを、いまの圭一は、たびたび、懐かしく思い出すのだった。

＊

営業中にごく静かな音量で流されている音楽も止まったきり、店内は静けさに満ちていた。

シェフの拓也は、ぶぜんとした顔をして、視線を泳がせていた。かんじんの圭一は、なんのつもりでこんな雰囲気を招いたのか、あいかわらず笑いを浮かべたような表情で、黙っていた。

がしゃん！

と、なにかが落ちる大きな音がして、三人は飛び上がりそうになった。

「す、すみません」

と、消え入りそうな声を出したのは、フロア担当の新人男子だった。すこし前まで、拓也よりひとまわり歳上のソムリエと、もうひとりフロア係がいたが、人件費を削減するため、アルバイトの若者ひとりと交代せざるを得なくなっていた。

その新人フロア担当、谷下は、晴海の話をみな聞いていた。それで、エスプレッソメーカーのホルダーを調べようとして、受け皿に落としてしまったのだ。

晴海は、くすっと笑った。それを見た拓也は、ますます不愉快そうに圭一にいった。

「あのですね、オーナーは今夜、おれに何かいいたいことがあるんじゃないんですか。変ですよ、姫ごさんに、ここまでいわせておいて黙ってるなんて。オーナーもこの人と同じ意見なんですか」

しかし圭一は拓也にはかまわず、フロア係の谷下に声をかけた。

「おぉい谷下くんよ、せっかくだからコーヒーのおかわり、持ってきてもらおうか」

晴海は、すかさず合いの手をいれた。

「いま、マシンの調子をみてくれてたから、熱々《あつあつ》の抽出、もうばっちりよね」

「わかりました、参りました」

と、拓也は案外と素直に、降伏の構えになった。

「おふたりの共同作戦なんだったら、早くタネ明かし、お願いします。おれ、そういうの苦手なんで」

「あら、作戦なんかじゃないわ、わたしは自分が思ったとおりを、いったまでよ。わたしはシェフがご想像なさってるとおり、すごくイヤな性格の女ですから。ちょっとばかりフランスにいただけで、フランスの味がどうのこうのって、えらそうにいって、あげくに一流シェフの料理にイチャモンをつけるような――」

「え、やっぱりフランスにいたこと、あるんだ」

「短期留学で、すこしの間だけ。フランス語は恥ずかしいくらいできないの。日本語ができるフランス人のかたのところにステイさせていただいて」

「でも、フランスの食生活は、ひととおり体験してるわけだよね？」

「どうでしょう、わたしがいた家を中心にしてしか、わからないわ。でもとても印象に残っていることは確かよ。食事をたいせつにしていたから」

「フランス人って毎度の食事に情熱を傾けてる感じだからね」

「誰もが食通で、高級な美食ばかりしてるわけじゃないわ。お金があっても忙しいからって、食事はいいかげんな人もいるでしょうし、暮らしに余裕がなくて食事のことまで考えていられない人たちだって、もちろんいるだろうから」

パリで食材の買いものや料理を手伝ったことを、晴海は思い出した。

「ホームステイしていたお宅は、ふつうの家庭よ。週末はかならずレストランで食事だとか、毎日のように凝った料理を家で作って銘柄ワインをあけるなんてことはないの。けれど、お買いものにいっても、なにをどのように食べようかっていうことからしてちがっていた気がして」

エスプレッソメーカーが、元気のいい音をたてた。晴海は谷下と目が合うと、微笑しながらうなずいて、続けた。

「わたしが、食べるってどういうことなのか考えるようになったのは、パリのお宅で、なんでもいいから和食を作ってくれないって頼まれたときからなの」

「あ、それ、わかるよ」

「和食の材料はパリでも売ってるけど、考えこんじゃった。フランス人ご夫婦は、和食って歴史がある繊細な料理だと思ってくれてて、それはうれしいんだけど、これがわたしの家でよく作る和食よって出せるものが、ぜんぜん思いつけなくて。それ以前に、わたしができる料理なんて知れてたんだけどね」

「なに作ったの」

「オムライス」

拓也が、喉の奥からおかしな音を出した。吹き出すのをがまんしたのだ。

その話を知っている圭一も、笑いながらいった。

「そういえば晴海は、うちで作るっていうと、よくオムライスをやるけど、あれはリベンジなのか、フランスでオムライスを作ったときの」

「やだァ、でもそうかもしれないわね。あのときから思っているのは、和食って具体的にはどういう料理なのかな、なにをさして和食というの、ってことなの。料亭や旅館のお料理かしら、それともお寿司、お蕎麦、天ぷらかな。とんかつ、焼魚定食だろうか。ファミレスやコンビニ弁当、カップ麺や給食は、和食なのかって」

「パリではレストランにはいかなかったって、オーナーにいってたけど」

「ホームステイでは何度かだけ。高級な店じゃなくてね。夫婦の記念日とかはお店よりも家でするの。会社勤めしだしてからは休みに旅行したけど、ひとりではきちんとしたレストランにはいきづらいし、シェフがお勤めになってらしたような高級な有名店は、わたしにはそもそもむり――」

「いや、そういう意味で聞いたんじゃないんだけどな。『お勤めになってらした』なんて、なんだかかな」

「インターネットで経歴を拝見したら、わずか数年で一流のお店をいくつも制覇なさって」

「あのね、さっきの辛口コメントの続きじゃないでしょうね、経歴をごまかすようなことはしてないから。競争もあるし出入りが激しい店もあるんで」

「とんでもない、どの店も長続きしてないなんて因縁をつけてるわけじゃないわ。苦労して料理修業なさったのはわかります。わたしのフランス語なんて使いものにならないけど、お仕事のためのフランス語はどこで習ったの」

「自己流だけど、まるで通じなくて。まずは座り込みですよ、使ってもらえたり教えてもらえたりするまで。キッチンのやりとりだけは書いておぼえたりしたけど、赤ちゃんことばだよ、自分のフランス語は」

「その、座り込むって感じが、メインのお肉料理の味に通じているのかな。この味はゆずらないってくらい頑固なんだけど、学んだ技術をすべて細やかに使って、味を出している感じがする。すごく正確にボールを蹴る技術があるけど、キーパーの真っ正面に蹴り込んで勝負するような料理をする人なのよね」

「おっ、サッカー好きなの？」

「いいえ、ぜんぜん知らない」

拓也はとうとう笑い出し、いそいでマスクを押さえて下を向いた。

「そろそろ、よろしいかな」

微笑しながらふたりを見ていた圭一がいった。

「それより晴海の、きびしいほうの発言はどうなんだい、シェフとしては」

拓也はたちまち、固い目になった。

「フランスを知ってる人だとは思ってなかったんで、なにをいい出すんだ、って感じだったんですけど、いまはわかります。ただ、メイン以外は手抜きだっておっしゃってるんですよね。正直いわせてもらえばムカつきました。反論したいところが——」

「待って、わたしに説明させて」

晴海はいそいで割り込んだ。

「いいかたがきつくなったのは、別のことでちょっとイラッときていたせいなの、ごめんなさい。シェフの腕が落ちたという意味ではなかったんです。出せるはずのお料理が出せなくなってきているんじゃないか、っていうことなの」

「それはその通りですけど、感染問題と自粛要請でどうしようもなくて。予約が入らないんでメニューを減らして、仕入れの見直しを繰り返しているうちに、こうなってきちゃったんです。ワインリストも整理してしまったから、華もなくなってきて。でも、だからって調理を省略するなんてありえない、おれが手抜き料理を出すなんて」

圭一は拓也を抑えて、おだやかにいった。

「手抜きだなんて、おれたちは思ってないさ。こんな状況でも最善の舵取りをしてくれて、感謝あるのみだよ。ただね、感染対策や営業短縮の影響を受ける前から、お客さんは減少傾向にあったのではないかな」

「それは認めます。飲食店三年目のジンクスっていうのか、飽きられてきたのかと考えてはいました。でも自分が頑張って看板料理をしっかり作っていれば――」

晴海は、圭一の尻馬に乗らないよう、ことばを選んでいった。

「その気持ちが空回りして、シェフご自身の知名度と、何品かの自慢料理に頼るだけになってしまわなかったですか」

「チャレンジ精神がなくなったっていいたいの、おれは守りに回ったつもりはないけど」

「いまの営業状態では、追い詰められているのが、いろんな形で表に出やすいと思うんですよ。わたしはそれを感じてしまったんです」

「ふたりとも、ちょっと見てほしいものがあるんだ」

圭一はフロア係の谷下を手招きし、書類綴を取ってくるよう頼んだ。そして受け取ったファイルを開くと「店の収支を見やすくまとめたものだ」といいながら、資料を一部ずつ渡した。

拓也は、それを手にとり、うなずきながら見た。

晴海は、指で数字をたどった。すると谷下が、二色ボールペンをテーブルの端にそっと置いた。

「ありがとう」といいながら、晴海はふと怪しんだ。

〝バイトさん、圭一叔父さんからこの流れ、前もって聞いているんじゃないかしら〟

しかし晴海はすぐ収支表に目を奪われた。もちろん飲食業にはくわしくなかったが、それでもわかる末期的な状況が記されていた。

〝ここまできびしいことになっていたのね〟

圭一のいったとおり、新型ウィルスの感染拡大より前から、収支にわずかに影がさしていた。しかし大きな影響はなく、経営は高い尾根を軽快に歩んでいた。

だが、その歩みがわずかに鈍ったところを、感染問題が横殴りに谷底へ突き落とした形になっていた。人件費はさほどでもないが——拓也の基本給が安いのには驚いた——その他の固定費がもとから大きいのが、状況がこうなってしまうと、待ち駒のように店を苦しめることになっていた。

「圭一叔父さん、数字を読みきる自信はないけど、とてもきびしいのね、このお店は」

「そうだ、『レ・キャトル・セゾン』は、すぐにも閉めなければならない」

晴海は、拓也を見ることができなくなった。進退きわまっているのに、シェフの態度に腹を立てていたことを、料理への不満に重ねてしまって——。

ふと晴海は、人件費に付した別枠の「支給＋」という項目に気づいた。これも人件費だとしたら、合計はかなりの額になってしまうけれど——と思いながら、赤でアンダーラインを引いた。

「それ、おれが使いこんじゃった」

拓也の声に、晴海は驚いて顔を上げた。

「前借りってやつ」

「えっ、だってこんなに毎月、お給料よりずっと大きな額を」

「おれ、カネづかいが荒いんですよ」

圭一が手を振っていった。

「晴海、それは前渡しじゃなくてボーナスなんだ、といっても月々その額を出してきたオーナー集団は、ちと甘かったがね」

「すみません、緊急事態宣言が出てからは、自分からお断りすべきでした」

「あやまることはないさ」

圭一は、晴海に説明した。

「開店したときは経営に自信がないもんだから、人件費を切り詰めさせてもらったんだよ。そのかわりシェフに入用があるときは、できるだけ渡すってことだったんだ。ところが、こっちが有頂天になるほど売り上げてくれたんで、昇給の話をしないままボーナスだといって渡す習慣になってしまっていた」

「いまさら遅いかもしれないけど、シェフにはこの別収入は当面あきらめていただいて、ほかに節約できそうな費目はないかしら、公的な補償とか融資だとかは、どうなんでしょう」

晴海は、カチカチとボールペンの軸を出し入れしながら、表全体に取り組もうとした。しかし圭一はそんな晴海を、あっさり押しとどめた。

「いいんだよ晴海、もう数字をいじったり、補償を受けたりしたくらいでは、続けられる状態じゃないんだ、シェフも現状はよくわかっている」

圭一は、書類綴じから透明ファイルを二つ出し、晴海と拓也に手渡した。

「それで今夜は、こちらを見てもらいたい。シェフにも、はじめて提案するものだ」

晴海は、書類のはじめに書かれたタイトルを、声に出して読んだ。

「パリのお惣菜・キャトルセゾン、ですって？」

圭一はうなずいた。晴海と拓也は、二、三枚の書類をだまって読んだ。フロア係の谷下が気をきかせたのか、ごく小さい音でジャズのＢＧＭが流れた。心地よいリズムに乗ったピアノの柔らかい旋律が、沈黙を救った。

簡潔な内容だった。レストランの営業は休止し、フランスふうの「おかず」やランチボックス、あるいはレンジで温められる一品料理を販売する、テイクアウトのみのデリカテッセンに切り替える案だ。現在の厨房で商品が作れるようなら、客席をとり払って冷蔵ショーケースを入れ、陳列販売する計画だった。

「決定なんですね」

読み終えた拓也が、静かにいった。

「そうだ、共同オーナーの総意で、これか閉店かどちらかだ。この案をとるなら、シェフの収入はいまの基本給をすこしアップした程度になってしまうが、シェフが応じるなら、すぐにも着手するつもりだ。いや待ちなさい、いまこの場で返事しなくていい。明後日の休業日の夜、きみに用がなければ、この店にオーナー全員で集まる予定でいるんだ。そのとき返事をください」

「わかりました」

「人事面の案にも目を通してくれるね。店頭販売係には、このまま谷下くんが入ってくれる。デリバリーの可能性や方法も考えるつもりだ。それから、これまでお客さんは、拓也くんをオーナーシェフだと思っていただろうけれども、テイクアウト営業だと、お客さんへの対応もちがう形になるだろうから、店長は別に立てることにした」

店長って、どんな人かしら――と書類の最後を見た晴海は、ひどく驚いた。

スタッフ予定者に拓也と谷下の名があるのはいいが、店長として、晴海の名が書かれていたのだ。

「叔父さん、なにこれ、わたしが店長って！」

「もちろん晴海に店長になってもらうつもりさ。オーナーの議論のなかで、晴海が適任だという話になったんだ」

「冗談じゃないわ、わたし、ぜんぜん素人だし、だいいち会社があるんだよ」

「いや晴海にも、この場で返事してもらおうなんて、思ってないさ。まあ気楽に検討してみてくれよ、厨房で料理してくれって話じゃないんだから」

圭一は笑ったが、軽快なピアノの音が流れる店内は、かえってしらけた雰囲気になってしまった。


本格的なフレンチレストランをテイクアウト専門店にするのが、共同オーナーの総意というのは、正確ではなかった。圭一以外の共同出資者たちはみな、撤退論だったのだ。テイクアウト形式にし、レストランが復活できるまで頑張ろうじゃないかと引き下がらない圭一の案は、期間を決めて収益可能性がなければ即閉店という条件で、ようやく受け入れられた。その期限を圭一は、拓也と晴海には告げなかった。

「レ・キャトル・セゾン」の共同オーナーたちはもともと、定年間近の呑み喰い仲間だった。誰が主導したのかいまとなってはよくわからないが、学生時代の友人や、営業で知り合った勤務先のちがう会社員、さらにその紹介で加わった者など、さまざまな顔ぶれで飲食街めぐりを楽しむ会だ。大企業や省庁の幹部はおらず、本社とは別事業の小さな子会社で役員をしている圭一をはじめ、数人がちょっとした役付である程度の、気のおけない集まりだった。

定年後の居場所になる自分たちの店を持てたらいいよなあ、という酔声が、ある夜あがったとき、みなおおいに賛成した。しかし圭一はもちろんその場の誰ひとり、実現させる方法は知らなかった。

それが酒席の冗談でなくなったのは、じつは拓也のおかげだった。

当時、拓也が調理を担当していたホテルレストランをよく利用する、会のメンバーがいた。拓也とも顔なじみで、ある会合を終えぎわ、その席に顔を出した拓也の前で「自分たちの店」の話を冗談まじりにしたところ、「本気でなさるなら興味ありますね」と拓也がいったのだ。

その話を聞くと即座に、もっとも熱心に行動をおこしたのは圭一だった。彼の熱意に巻き込まれる形で、ほかのメンバーからも、立ち上げに加わる者が出た。

動き出してみると話は意外に早かった。飲食業はもちろん食品や不動産などを仕事にしているメンバーはいなかったのに、そこはやはり、それぞれに長く仕事をしてきた人びとであり、なにかと、つてがあったのだ。

出資金を分担し、拓也をシェフに迎えることができた「レ・キャトル・セゾン」は、オープン直後からたちまち、オーナーメンバーの席を確保するのさえ難しくなるほどの人気店になった。退職後の不安を話題にすることが多くなっていた呑み喰い会は、爆笑が聞こえる集まりになった。

圭一は、テイクアウト店への変更を決めた直近の会を思い出した。感染対策で声を上げることはそもそもはばかられたが、いずれにせよ笑いは一度も起きなかった。定年後の生活を脅《おびや》かすかもしれない追加出資には、みな即座に反対し、補償や融資の可能性を探ろうという提案もなかった。

「終わったね」

「閉めるしかないよ」

「状況が変わらなきゃな」

年輩の男たちが力なくつぶやく、薄鼠色をした声を聞きながら、圭一はしみじみ思った。もう気力も体力も、ないってわけだ。船出さえさせれば、どこかから吹いてくる風に乗って船は進むと思ってたんだな。店ができたところで、おれたちは完了形だったんだ――。


「よく了解しました、お返事はオーナーさんたちの前で、きちんとします」

拓也の声に、圭一はわれに返った。

「そうか、ありがとう」

「ひとつだけ、お聞きしておきたいんですが」

「なんだね」

「お断りした場合は、どうなるんでしょう」

「できるかぎり早く閉店する。つなぎ資金は誰も用意できないし、補償や融資が引っぱれたとしても、感染問題が収束しなけりゃ、かんじんの客がいないわけだからな。シェフの転職はオーナー全員で責任を持つよ。でも、おれたちの力なんか借りなくても、きみならこの状況でも働き口には困らないと思うがね。それと、こうなったのはすべてオーナーの非力のせいだ。きみの仕事は完璧だったと紹介状の形で書いてもいいと思っている。くれぐれも気にしないでくれ」

すでに夜はふけていた。マスクをしたフロア係の谷下が、晴海たちのテーブルの脇を通り、開け放った扉を出て店の前を掃除した。

「さあ明日も開店だから、今夜はここまでだ。レストランの最終日はまだ決めてないが、どうせ閉店するからなんて態度にならずに、頑張ってくれよな」

圭一は書類綴じをかたづけながら席を立ち、マスクを直した。

しかし晴海は座ったまま、叔父に向かっていった。

「圭一叔父さん、まだよ！　ちゃんと説明してくれないと、わからないわ。わたしをデリカの店長としてシェフに紹介するつもりで連れてきたの。もしそうなら、わたしはいまさっき知ったところなんだよ、その話は」

すると圭一は、立ったままで、悲しそうにうなずいた。

「そうだな、ごめんよ、申しわけない」

そういって圭一は、晴海がぎょっとしたほど、ていねいに深く頭を垂れた。いまだかつて、叔父からそんなことをされたことはなかった。

「驚かせたり困らせたりしてすまなかった。おれの妄想だと思って、なかったことにしてくれ。この店を作るときは、このシェフにね、ほんとうに来てもらいたかったし、いい店にしてほしいと強く思ったら、それが実現したんだな。それで、晴海にならこの店がやれるんじゃないかと思ったら、なんだか、そのときみたいな気分になっちゃったんだ。だからって晴海になにも相談しないなんて、まったく、どうかしているよ」

「ちがうの、圭一叔父さん、怒ったんじゃないの。わたしが店長だという話はともかく、今夜は、こういう話をするんだよ、と伝えておいてくれたら、わたし、もっとうまく話ができたのに。お店の事情を知らずに、ただ今夜の料理に文句をいうだけになっちゃったじゃない、ひどいわ」

「ああ、さっきの晴海の感想か。あそこまでいうとは想定外だった。でも面白かったな、途中から煽っちゃった」

圭一はまた、すこし笑った。

拓也が不満そうに口をはさんだ。

「想定外って、どういう意味ですか。おれ、さんざんいわれちゃったし」

「シェフにも悪いことをした。今夜のおれのシナリオはどうも失敗だったよ。つまりだな、晴海はフランスの料理を知ってるし、味覚が敏感なことはかなり前から気づいていた。だから料理をほめさせればシェフが喜んで、きびしい話もやわらぐかと思ったんだ。このシェフは、食通を気どって聞きかじりをいうお客さんにいくらほめられても、ぜんぜんうれしがらないからな」

「じゃあ、わたしやっぱり、あんなふうに話しちゃだめで、お世辞抜きに最高ですって、いわなくちゃいけなかったんじゃない」

するとと拓也は軽く肩をすくめ、ぼそりと「お世辞どころかボロカスにやっつけてくれたもんな」とつぶやいた。

立ったままの圭一が、いきなり笑い出した。椅子の背に手を突き、体を半分に折って、心から面白そうに笑った。

拓也は、あきれて圭一を見たが、ふと晴海のほうをふり向くと〝しかたないねえ〟という感じで、半分白目をしてみせた。

晴海も笑った。

開け放った店の扉から、大きすぎる白いマスクで目だけ出した谷下が、あわてて入ってきた。シェフとオーナー、それにオーナーの姪ごさんがこんなに笑っているんだから合わせなくちゃと、谷下もわけがわからないまま、マスクの中でむりに「あは、あは」と声を出した。

三人はそれを見てまた笑った。「マスク！　マスク！」と拓也にうながされ、晴海はあわててマスクをした。開いたままの扉から、すっかり暗くなった商店街に笑い声があふれ出た。

＊

「このフリカッセ、いいわね！　チキンの仕上がりはすばらしいし、キノコはほどよい食感で、味のバランスがいいわ、ナッツも効いてる」

「軽くローストして砕いたアマンドとピスタッシュだ。店だったらチャービルかなにか飾るけど、テイクアウトだと、どうするかだな」

「パリのお惣菜・キャトルセゾン」では、客足がやや落ち着く午後の遅い時間、持ち帰りアラカルトの試作品を、三人のスタッフが試食していた。

「どういう名前で売りますかね」

「わかりやすいのがいいわ『チキンのクリームきのこ煮』とか」

「それ、まんまじゃないか、ってか給食だろ、そんな名前じゃ」

「フランス語にして、ちゃんと説明を書いた値札を置くと、売れがいいんですけど」

「こんな料理なんて、べつに『クリームきのこ煮』でいいけどさ」

「あら、ふてくされることはないわ」

「だってさ、クミンサラダを『魚介サラダカレー風』って名前にしたのは、ひどかったぞ」

「あれは食いつきが悪かったですよねえ、だいたい、せっかくシェフが凝ったトライフルを

『パフェ』ですし。でも『パフェ』は売れましたけど」

「おれ、理解できないんだけどさ。いわなくてもいいような、よけいなことをいちいちいうわりには、ことばにセンスがないんだよな」

「失礼ね、わたしボキャ貧じゃないわよ。まずは近所の人たちにもわかりやすくよ。親しんでもらって、お客さまになっていただきたいんじゃない、ねえ谷下さん」

「店長が正しいです。おかげで商店会の飲食店さんから、パテあったら知らせてって、また受けたんですけど」

「出せるよ。でもさぁ、おれのパテが商店街の呑み屋のツマミって、なんだかなぁ」

「文句いわないの。うちが作って売ってもいるって、メニューに書いてくださってるのよ」

「『今夜のおうちフレンチ』は、どうなってましたっけ」

「けっこう寒いからさ、ポトフ作った。鍋で温め直せばいいけど、販売容器でそのままチンできるな」

「お客さんには、そう説明するわね」

商店街に冬が近づいていた。重症で苦しむ人や、家族に会うこともかなわず亡くなる人たちが増え、感染の拡大は、世の中を恐怖で支配しているかのように、静まるかと思うとまた広まった。そんな感染の波にさらされてきた人たちの多くが、事態の収束にはまだ時間がかかると感じていた。この商店街を通る人たちはみなコートや上着の襟を立て、マスクの顔をそこへうずめるようにして、急ぎ足だった。

*

レストラン「レ・キャトル・セゾン」は、店の内外装には手をつけず、テーブルと椅子をとり払って冷蔵ケースや商品棚をレイアウトし、テイクアウト専門店になった。

晴海は、会社を退職して店を手伝ってきた。「パリのお惣菜・キャトルセゾン」の店長になったのだ。

退職願を提出したとき惜しむ声が出なかったのは、われながらおかしかった。わたしにやめてもらえて、ほっとしたのかな、と晴海は思った。

さすがにそれは彼女の考えすぎだった。さしたるトラブルもなく社内の人間関係には折り合いがついていたし、勤務歴相応の立場になってもいた。上司とのやりとりや会議の席では、筋の通らない方針には激しく反論して周囲を固まらせることもあったが、その態度が問題にされることはなかった。そのかわり、気軽には近寄れないと思われているのか、仕事でもプラベートでも、積極的に声をかけてくる同僚はいなかった。晴海はそれを、むしろありがたく思っていた。

われながら意外なことに、営業には向いていた。外回りの仕事を命じられたときは、さすがに心配になったが、ときに陰湿な社内で汲々《きゅうきゅう》とするより、社外で動けるほうがよほどよかった。会社ではあまり出会わない個性的な人が、よその会社や、役所にさえいるのが不思議で、楽しかった。いつしか晴海は、かなりの顧客から指名される営業部員のひとりになっていた。

退職願を提出すると、受理前に営業本部長室に来るよう命じられた。これまで重役と直接話す機会などなかった晴海は、本部長から、業務や人事に不満があってのことかと聞かれた。「不満はありませんでした。営業の仕事は面白かったです」と答えた晴海は、これからする店のことを話した。ひとしきり店と「うちのシェフ」を説明し、最後にこういった。

「不満がいえる資格もありません。協調性がない社員でしたし、実績もたいしたことないですし。わたしのような者を起用していただいて感謝したいくらいです。世の中はこんな状態で、オンライン営業も定着してきてますので、無難にこういう会社に居座っていたほうがいいのはわかってます。そういう社員もいるでしょう――すみません、乱暴なことをいって――でも、難破しかけた船に手を貸したいという気持ちが強くなってしまったんです。うちのシェフって、すばらしい技術を持っているんですよ。どこへ出しても通用すると思ってます。ただ、そいつって、進む方向を誤りそうな気がしてならないんです。わたし、彼の舵取りをしてみたくて」

太り気味の本部長は、まるい顔に頬杖をつき、晴海の話を聞いていた。

「その料理人と結婚するのか」

「まさか！　性格的にはむしろ苦手な部類です。たまたま縁があって、乗りかかった船なんですけど、わたしは自分が納得できるまで降りられない性格ですから」

「そうか、そういうきみに去られるのが、ぼくとしては惜しいというか、採用面接できみを推したのは、ぼくだったんでね。つまらん社内問題で退職するんだったら、もったいないと思ったものだから」

「すみません、気にかけていただいていたとは、知りませんでした」

「まあ、またこの会社に興味を持つようなことがあったら連絡しなさい。ぼくが取締役のうちにだけどね」

「ありがとうございます。都内の飲食店はいま、都の要請にそった営業はできていますし、テイクアウト店は問題ありません。一日も早いレストランの通常再開を目標にしていますから、その日がきたら、奥さまといらしてください」

「うちの奥さんは、ぼくの食事内容にきびしいんだ。でも楽しみにしているよ」


晴海は新しい仕事に飛びこんだ。

おしゃれな店舗が待っているわけではなく、ついこの間までレストランの客だった晴海にも、さまざまな作業が群れをなして襲いかかってきた。店の準備もさることながら、食材業者への挨拶も、保健所に相談するのも、晴海が引き受けた。なにも知らないままだったが、オーナーの圭一をはじめ、誰もテイクアウト店の知識がないのは同じだった。

アルバイトのフロア係だった谷下は、意外な才を発揮して、什器の搬入やパッケージのチェックを仕切った。テイクアウト店には必須だという話になっていたネット注文や電子決済への対応は、谷下がいなければ間に合わなかっただろう。いっぽう宣伝告知もしなければならなかった。ウェブや宣材の制作は自前でするしかなく、晴海は寝る間も惜しんでデザインや宣伝文を考えた。それはそれで楽しい作業だった。

厨房には、拓也の姿があった。

高級な食材で一流の料理を作ってきた拓也は、黙々と持ち帰り惣菜を研究した。

晴海は、拓也の意見に納得できないこともあった。しかし、拓也の経験と腕こそが店の心棒で、舵取りなどおくびにも出さす、なにごともまず拓也を優先した。いっぽう拓也も、ときには晴海の意見を、あるいは谷下の発言さえいれて、方針を決めた。おかげで準備は順調だった。晴海はそっと感謝しながら、熱心に自分の分担に打ちこんだ。

晴海が会社を退職して「パリのお惣菜・キャトルセゾン」に参加することにしたのは、拓也が引き続き調理すると知ったからだ。共同オーナーが集まった日の夜遅く帰宅した圭一から、拓也がテイクアウト店で調理することを申し出たと聞かされたのだ。

晴海は驚いた。しかしその瞬間、気持ちは決まっていた。翌朝、店長のことはともかく、店の仕事に加わりたいと圭一に伝えた。

驚いて晴海に思いとどまらせようと、圭一をきびしく咎《とが》めにかかった叔母を黙らせると、晴海は圭一に訊ねた。

「シェフは、どんないいかたをしたの」

「それが、よくおぼえていないんだ。引き受けますだったか、よろしくお願いしますだったかな。なにしろみな、びっくりしてしまったんでね」

「断られると思ってたんでしょ」

「そう、もっと早くに、別の店に移るといい出すんじゃないかと考えてたくらいだからな」

「わたしも、断ると思っていたけど、彼は続ける理由をいってた？」

「いや、それは聞かなかったよ。頼み込んで無理にやってもらっても続かんと思っていたんで、ビジネスライクに話したんでね。今後も彼に新しいチャンスがあったら、あっさり送り出してやらなきゃいかんさ。それはそうと晴海が応じてくれたのは、それこそ夢でも見ている気がするが、大丈夫なんだね」

「叔父さん、わたしもシェフを見習って、おしゃべりはしないでおくわ。やってみなきゃわからないことをしてみたい、ということにする」

「よしきた、晴海らしいかもな。なんでも遠慮せずにシェフに聞くんだね。まあ、おまえは遠慮はしないだろうけどさ。とにかく好きなようにやってみてくれ」

フリカッセの小さな検討会は終わり、拓也は厨房へ戻り、谷下は小さい折りたたみテーブルと椅子をかたづけた。晴海は冷蔵ショーケースの見映えや、新しく建て込んだ商品棚を確認した。

＊

勤め帰りの人たちが、駅から流れ出て帰途を歩む時刻だった。人の流れがそのさきの宅地へと過ぎていく夕暮れの商店街は、晴海にはもう、見慣れた風景になっていた。テイクアウト店としての再出発から、三か月ほどがすぎていた。

レストランの造作は変えていないから、外からは店内が見づらかった。冷蔵ケースに料理を並べるだけでなく、店をもっとあれこれ飾りたかったが、そうすると客が買いものしづらくなる、かえって貧乏くさい、と拓也は断言した。そのかわり、ショーケースはいつも商品で充実させておかなければならなかった。よく売れた結果であっても、ケースの中がさびしくなっていると、わざわざ入ってくれた客が見るなり出ていくということがよくあったからだ。かといって追加の数量を誤ると、ほとんどが売れ残ったりした。

お店の看板になる人気商品が大事なのよね、それを買いに来てほかの品も、という感じで売れるのが理想なのよ――そう晴海は思ったが、簡単ではなく、なかなか完売御礼にはできなかった。晴海が持ち帰る「お残り」を、はじめは喜んでいた叔母の洋子も、売れ残るつらさを聞いて「お残り」が続くと暗い顔をした。フランス料理としてはかなりサービスした価格を「高い」といわれたり、「何時からセールなの」と聞かれたりするなど、駅前商店街でフランス料理をテイクアウト販売するむずかしさはつきなかった。

晴海は、フランスのデリカテッセン、トレトゥールのことをよく思い浮かべた。

明るく清潔な店内の端から端まで続くショーケースに、目うつりするほどのおかずが並んでいる。店ごとに中身も味もちがうパテやテリーヌ、あるいはさまざまな中身のキッシュ。そして、調理されたものではないが、つい買いたくなるシャルキュトリやチーズ。それだけで食事になるサラダ。肉や魚などメインディッシュになるものもある。

パリではひとりでは食事の店にあまりいかなかったと、拓也や圭一にいった晴海だが、じつは持ち帰り店にいくのが好きだったからだ。バゲットやワインも買い込んで旅の部屋に並べ、高い窓を開け放って夜空を見ながらの、ひとりディナーは最高だった。その点では、晴海は店長にうってつけの人材だったのである。

「どうしました店長、そろそろお客さん、たて混む時間ですが」

谷下に声をかけられ、晴海は、はっとした。

ケースへ料理を補充していた拓也が、顔をあげていった。

「店長はさ、また、パリの夢を見ていたわけよ」

図星をさされて赤くなった晴海は、拓也をにらみつけたが、すぐ素直にうなずいた。

「うちの店は、パリのおかず店みたいな感じにするのはむずかしいなって、くやしく思ってたの」

「そりゃ、しょうがないっしょ、東京なんだから」

「でもデパ地下なんかには、フランスやイタリアのデリが出てるじゃない。うちはそういう店よりだんぜん安いし、味は圧勝なのよ、一流シェフが作るんだもの」

「ボロカスいったり絶賛したり忙しいな――いまのデパートは、ブランドショップにスペース貸ししてるようなもんだからさ、買う人もショップの名前で買うわけよ。うちが銀座のデパ地下で有名なデリと並んで営業したら、どうかなぁ、まあ勝負にならないと思うよ。でもなぁ、うちの店も、まあまあ知られてたと思うけど」

「有名よ、惜しいわ。でも感染問題が安心できないうちは、ちがう作戦でいかなくちゃ。通販やデリバリーもすぐにはできないから、まずこの商店街が生活圏の人たちにもっと買っていただいて、拡散してもらわないと」

「だからさ、さっき試食したやつ、多めにできたから売っちゃおうよ」

「ショーケースに入れちゃったの？」

「ああ、名前と値段、はやく決めなよ。おれは『きのこクリーム煮』でいいや、不味《まず》そうな名前だけど」

晴海は笑った。扉から中をのぞきこむようにした客が「いいですか」と声をかけていた。「たて混む」といっても、まだ客は多いとはいえなかった。それでも、夕方には仕事帰りらしい人が立ち寄ることが増えてきた。入店者数を限るので店の前に列ができることもたまにあり、商店街のさきの宅地から買いにきてくれる常連客もできた。駅前の銀行などからランチボックスの問い合わせもある。いずれも、かつてテレビや雑誌に出たことがある拓也のおかげにちがいなかった。

「あんなもの、いくら出たって、出たときしか客は来ないけどな」

といいながら、拓也はつてをたどり、自分で取材を頼んだ。新聞の都内版で、きびしい飲食業で頑張るようすを報じてもらい、グルメサイトや私鉄の沿線案内にも載った。

調理に息つく余裕もないだろうに、そうしてくれた拓也に晴海は感謝していた。しかし、口数では人後に落ちなかった晴海はなぜか、ことばで伝えることができなかった。

*

店がにぎわうにつれ、顔なじみになった客たちから、晴海は「奥さん」といわれるようになった。

そのたびに彼女は、冗談と笑いにまぎらせて打ち消した。

見た感じが学生アルバイトふうでもある晴海が、シェフと対等の立場と認められたのであって、その妻だといわれているわけではないと思えば、気軽に「はぁい」と応じておけばいいのだが、わざわざ訂正するのは晴海に疚《やま》しさがあったからだろう。

というのも、一度きりだが、晴海は拓也に身をまかせていたからだ。しかも、この店で。

テイクアウト専門店として再出発したばかりのころで、開店から一〇日ほどたっていただろうか。

開店日こそ、それなりに客があったものの、翌日からは、持て余すほどの暇《ひま》が続いた。はやばやとメゲてちゃ続かないぞ、と拓也はいったが、食べものの売れ残りというものが、どうしようもない量で迫ってくるのをはじめて見た晴海は、ひどく追いつめられた。叔父の圭一は口を出さなかった。まだこれからさ、感染に気をつけて、きちんと休めよ、というだけだった。

提案があるんだけど、といい出したのは拓也だった。

「品揃えを見直してみるか。あとは調理の方向だよね。お客が求めているもんじゃないなら、変えないと」

そこである夜、店を閉め谷下を帰した後のキッチンで、ふたりは夜ふけまで、販売メニューを再検討した。その場で試作できるものは作り、売れ残ったものの味を調整したりもしてみた。

「この味はだめ、売れないわ」

店の準備期間から、ろくに休まなかった疲れもあり、試食を繰り返すほど晴海には味がわからなくなった。

「シェフのお料理は、味も見た目も、商店街のデリカショップには高級すぎるのかな。パテやムースじゃなく、今夜は料理したくないっていう勤め帰りの人たちがチンして食べられる、パンにもごはんにも合う『おかず』にしなくちゃいけないのかしら」

「店の名前も『お惣菜』だしな。だったら特徴的な要素をむしろ減らすか。ブーケガルニはやめて、ソースも知ってる感じの味にしてさ。そうだ、ライスといっしょに試食するほうがいいか」

晴海は、調理台に置かれたペティナイフの柄を指で押した。

「わたしも、そうは思うんだけど、それじゃ、お店の名前が泣くと思って」

「店がつぶれたら名前もなくなっちゃうだろ、買ってもらえるなら、なんちゃってフレンチ路線だっていいと、おれは思ってるんだ」

「卑屈でイヤミないいかたしないでよ」

「イヤミなんかいってないさ、イヤミはあんたの専門だろ」

「でも、本気じゃないんでしょ」

拓也は、ペティナイフを手にとり、新品のようなクロスで素早く拭いた。道具にこだわる料理人だった。

「本気だ、テイクアウトをやるって決めてから、迷いはない」

「でもシェフは、いいたいことを、がまんしているでしょ。わたしや谷下くんにまでダメ出しされたりもして。キレたっていいんだよ、おれにそんなカス料理が作れるかって」

「一秒でもそう思ったら、おれはこの厨房にはいない」

「うそ」

「うそじゃない。たしかにテイクアウト専門にするって話を聞かされた瞬間は、どこかほかの店へ移ろうと思った。二番手三番手でもいいというか、その下でもなんでもいいから、こんな状況でもつぶれる心配のないとこへ」

「どうしてそうしなかったのか聞きたかったわ」

「そんなことをしたら、せっかくやらせてもらったレストランを、自分がつぶしたことになるって思った。オーナーさんたちは、店が回らないのは感染問題のせいで飲食はどこも同じだっていってくれたけど、おれにだって責任があるよな。客が来ないからバイバイなんて卑怯だろ」

「そこまで思うなら、レストランのときのやりかたを通せばいいじゃない。『シェフは店の最高権力者である、なん人《ぴと》たりともシェフに逆らってはならない』」

「よく知ってるね、でもそのわりには、おれの料理をボロカスにいってたような気がしますけど」

「だって、あれは――」

「いや、あんなふうにやられて、なんていうか、ぱっと解放されたような気分もあったんだよな。はじめは、いやなことをいう人だなあって感じで、反論もしたかったけど、たしかに、ぎりぎりの状態に流されてた面もあったんだと思う。自分が変になっててさ。そこをずばずば指摘されて」

「わたしだって、ぎりぎりだよ」

「あのさ、くどいけど、まだはじめたばかりよ。この商売ってさ、もうちょい気楽にやらないと。ぎりぎり感が見えちゃう店はいけないっていったの、店長でしょ。その人が開店早々にぎりぎり宣言してちゃ、おれの立つ瀬がないじゃんか」

「その、店長っていわれるの、つらいの。わたし、素人のくせに料理商売をめちゃ甘くみてたんだよ。シェフがいるし谷下くんも動きがいいし、わたしの考えを足せばうまくいくわって」

「それでいいじゃない。悪くないメンツだと思ってるけどな」

「わたし、圭一叔父さんと同じだよ。夢みれば現実がわいて出るみたいな気がしちゃってさ。

叔父さんは妄想だっていってたけど、いまのわたしもそう」

「だからおれは、それがいいと思ってるんだって。おれは夢なんて見ない――つぅか夢を見るセンスがないわけよ、職人だから。でもおれが作ることで、おいしいものが食いたいとか、いい店で食事したいなんていう、誰かほかの人の夢が実現するならって思いも、どっかにあるんだ。おれ、店長の叔父さん、好きなんだよ、ああいう叔父さんがいてよかったじゃない。親より好きなんだろ、わかるよ」

晴海はそっと微笑み、白い襟をいじりながらいった。

「わたしはね、両親はいないの。子どものころ事故で亡くなったの」

「え、そうなの、ごめん、知らなかった」

「いいのよ」

「知らなくて、よけいなことをいっちゃって」

「ほんとに大丈夫。わたしは圭一叔父さんの家で育って、いまもそこにいるの。ほんとうの親だとまでは思ったことはないんだけど、わたしも好きよ、叔父さんは」

「だったらなおさらいいメンバーじゃない。オーナーの中でいちばん店に熱心な人とも、気心が知れてるわけだから」

「それで成功するなら、ほんとにいいんだけど。わたしね、いくらなんでも軽率だったんじゃないかって」

「だからさ、おれだってテイクアウトの店ははじめてだ。そんなに気負ったら、体が持たないと思うよ」

「でも、わたしのせいで、このお店が利益をあげられなかったらどうするの。このお店がだめになったら、レストランもできなくなってしまうんだよ」

ぽろりとひとつぶ涙がこぼれ、そのまま、とめどなくあふれた。

晴海がいきなり泣いてしまうとは思ってもいなかった拓也は、すっかり動転した。

「なあ店長、泣かないでよ、おれ泣かれるのだめなんだ、ね、店長」

気が強くて突っ込みがきつい晴海のことは、はじめは好きになれなかった。だが、気のおけない乱暴な口をききあっているうちに熱中できる、仕事のやりかたは楽しかった。とはいえ、晴海がきわめて繊細な感情の持ち主で、いつも危うい気持ちの揺れのなかにいることは、想像もできずにいた。

拓也は、調理台につっ伏して震えている晴海のそばに寄り、その肩を、ぎごちなく撫《な》でた。

繊細な料理を作り上げる手とは思えない不器用な撫でかただった。

いきなり抱きついたのは、涙に濡れた顔を起こした晴海からだった。

唇をもっていったのも自分からだと、晴海はあとから思ったが、どちらがさきだったかはわからない。

どれほど抱き合っていたのか、肩や背中を撫でていた拓也の手が、ちがう動きをしはじめた。左手はそのまま晴海の背で彼女の体を支えたが、右手は脇を回り、胸にきた。さっき肩を撫でたときの遠慮がちで無骨な動きでなく、パイ生地でみごとな細工を作り、工芸のように美しい盛り付けを仕上げる、大胆で繊細な手の動きを感じた晴海は、思わず震えた。

しかし晴海は、あわてて両手で拓也の体を強く押した。

「ごめん、わたしは、そういうつもりでは――」

また唇がかさなり、拓也は全身を押しつけてきた。

「厨房ではだめ、絶対に！」

と、晴海がいった瞬間、それは「ちがう場所でなら」という意味になり、唇を奪われながら晴海は、もつれるようにふたりでキッチンを出て、店の奥へいった。

晴海はもちろん、はじめてではなかったが、人づき合いがうまくない自分はそういうことも苦手と自分で決めつけていて、積極的でないままにきた。

が、明るいままの場所で、ほとんど立ったままで、という乱暴な行為は、彼女に経験したことのない興奮をもたらした。

「ごめん」

といったのは、拓也だった。

「あの、おれは、その――」

晴海は、乱れた着衣を乱暴に直しながら、拓也を強くさえぎった。

「やめて！　やった後で『ごめん』っていったり、『よかった?』って聞くやつは大嫌い！」

「あの、その——もう遅いから、おれの家に来る？　おれのマンションのほうが近いから」

「あのね、わたし、あれの後ですぐなごもうとするやつも、いや！　外泊なんて気にしないけど、この店をきちんと頑張っているしるしに、うちで朝晩ちゃんと顔を見せるつもりだから」

拓也はだまって厨房に戻ると、調理台をかたづけ、使った調理器具や皿を洗った。ステンレスの調理台やシンクなどを顔が映るほどに磨き上げて熱湯を流すのは、拓也がパリ時代に、ある有名レストランで修業時代にさせられて以来だ。ホテルレストランのころも、自分の調理台まわりは自分でしていた。いまはそれに除菌剤で拭き上げる作業も加わっている。

手伝われると手順が乱れるし、感染対策上も効果が下がるからと、はじめに拓也にいわれていたので、晴海はキッチンを出て、配膳口からぼんやりと拓也の几帳面な儀式を見た。拓也は厨房の洗浄を終えると、閉店作業もてきぱきと進め、晴海の担当になっている、いくつかのチェックも代わりにやった。

常夜灯ひとつ残して照明を落とし、施錠するのだけは、晴海がした。

「あのねシェフ、今夜のことは、これきりにしてほしいの」

晴海はそういうと、続けて説明しようとした。

〝さっきのことが、いやだったからではないんだよ、けじめが、って思うの。だらしなく続くようだと、仕事もだらしなくなる気がするから。それにわたしはシェフのこと、まだよくわからないのよ。意識してたわけじゃないのに好きになっちゃったのかな。わからない。それに、さっきは――〟

しかし、晴海がそれを口にしかねていると、拓也は、あっさりいった。

「わかった、じゃ、おれ帰るわ」

拓也は、店の脇に置いた古い自転車をひっぱり出して、ひょいと乗った。白いキッチンウエアはうるさく特注しているのに、ふだん着にはまったくかまわないのだった。汚れた自転車に乗ると、コンビニに夜食を買いにいく下宿学生のように見えた。

そのままなにもいわず拓也は、駅と反対側へ向かって飛ぶように自転車で去り、たちまち路地を折れて消えた。

＊

夕闇が濃くなっていた。

商店街を急ぎ足で通っていく人が、さらに増えてきた。電車が着くたびに寄せ波のようにあらわれては、流れ抜けていく。「パリのお惣菜・キャトルセゾン」は、商店街がとぎれて周囲が急に暗くなり、彼らの足どりがふとゆるむあたりで、ほのかにライトアップされていた。

晴海は、開け放してある店の扉から外へ出てみた。そして、あの夜、拓也が自転車を飛ばして去っていった暗い宅地のほうをぼんやり見たが、すぐに、駅から来る人びとの流れに向かい合い、背筋を伸ばして、立て看板のわきに立った。

帰宅の足を店に向けてくれる人がときどきいた。おかげで近ごろは夕刻の店内が忙しくなってきていたが、晴海はできるだけ店外に立った。通りすぎる人たちに、なんとか店の存在を知らせたかった。

店のユニフォームは決めていなかったが、晴海は白のウエアにこだわるシェフにならって、胸に「Les Quatre Saisons」と刺繡した白無地のドレスシャツふうのウエアと、ソムリエ用の黒いエプロンにした。寒くなってきたので、外では商店街のキャンペーン用に配られた緑のウインドブレーカーを着た。

「マッチ売りの少女みたいですよ、そんなふうに立っていると」

と谷下はいうのだった。たしかに汚れたスカーフでもかぶって立ったら、そう見えてしまいそうだ。いっそ、その格好で立ってみようかと晴海は思った。

周囲の店には目もくれずに歩いていくマスク姿の人たちに向かって、客寄せの声は出せなかった。いつになったら、大きな声で「いらっしゃいませ！」と叫べるのかしら、と晴海は思った。マスクをして微笑みかけたところで、どうなるというのか。

それでも晴海は、店の前を通る人と目が合うとかならず、まなざしに心をこめ、全身で笑顔を表現するつもりでうなずいた。そして「お疲れさまです！」「お店やってます！」と、小さな声でいうのだった。店の前に立つ時間はわずかだが、それでも新装開店三か月のうちに、マスク姿どうしで〝顔見知り〟になった人がずいぶんできた、そう晴海は思った。

いま、店の前を通り過ぎていく、重そうにふくらんだケリーバッグを持ったトレンチコートの若い女性もそうだ。店に来てくれたことはまだないが、視線のやりとりだけは、かわすようになった女性だった。

〝あら、ショール、おしゃれなのにしたのね、お疲れさま！〟

晴海は、彼女のほうへやさしくうなずきながら、マスクの中でささやいた。

〝わたしも、あなたみたいなスタイルで外回りしてたんだよ、仕事がうまくいくといいね！〟

あちらも晴海に気づき、かるく目礼してくれた。

彼女のマスクのなかにも笑みがあるはずよ、と晴海は思った。そして「マスクで表情がわからなくたって、気持ちは伝わるんだよね」とつぶやいた。

〝身ぶり手ぶりをまじえて話す習慣がないから、マスクすると感情が伝わらなくなるっていう人もいるけど、目は心の窓とかいうじゃない。目で話しかければいいのよ。大声を出さなくたって心で静かに話しかけたら、さっきみたいに察してくれる人がいるんだもの〟

晴海は、かつての喧嘩腰を思い出して、くっと笑った。

駅から歩いてくる人たちの目を見続けていると、おだやかな目をしている人は、ほとんどいないように思えた。どの目も落ちつきがなかった。不安をいらいらとあちこちへ発していたり、あてどなくなにかを探すようだったり。そうした視線は、晴海が「おつかれさまでした」という目を合わせると、例外なくあわてたようにそらされた。

スマートフォンからあたりに響くほど大きな音を出して、ビジネススーツの中年男性がテレビのニュースを見ながら歩いてきた。店の前を通りすぎるとき、晴海は「おかえりなさい」と小さくいって視線を送ったが、その男は気づきもせず、画面を見たままだった。液晶の光に照らし出された目は、洞窟のように暗く空疎だった。

通りざまに聞こえたのは、晴海が嫌いなキャスターのニュース番組だった。おおげさな口調で当意即妙ふうに報道に色づけする男で、それが視聴者に人気があるのだろうが、日々の感染者数や、重症者、死亡者のことを告げるときだけ、ことさらに重々しく原稿を読み上げてみせるのが不愉快だった。

〝聞こえよがしに、あんな番組の音を出して歩くなんて、なに考えてるのよ、あの迷惑おじさん！〟

そう晴海は思った。しかし、すぐに思い直した。

〝あの人だって会社や電車のなかで、あんなことはしないでしょう。きっとすごく不安なんだよ。まわりの人に不安を共有してほしいんだわ〟


「こんばんは、景気がよくて、いいねぇ」

と、やや陰にこもった、聞き慣れた声がした。

「あら、こんばんは、お世話になってます」

声の主に、晴海はていねいにお辞儀した。よく顔を見せる商店会長だった。

開店前に晴海が挨拶にいったのがきっかけだったのか、たびたび店にきては念押しともイヤミともつかないことを、晴海にひとしきりいっていく人だ。叔父の圭一より、ひと回り上くらいだろうか、商店街の最古参だった和菓子店の何代目かだと聞いていたが、後継者がないまま、外出自粛の状況に対応しきれずに店は閉じられ、コインパーキングにするらしかった。先代から店も商店会長も継いで、店がなくなっても商店会長なのだが、それらしい活動はせず、商店会の歳末企画などは駅に近い、そば店がとりしきっているのだった。

圭一や拓也にもいわれたが、こういう人は立てておくべきことは晴海にもわかっていたので、顔を見ると、うまく話を合わせた。学生時代の「練習」と会社勤めの経験が、おおいに役立った。

「昔はね、食べもの関係の店っていうのはね、衛生管理を客まかせにする、なんてことは許されませんでしたよ」

いま、商店会長の話は、そうはじまった。

「ええ」

「ええ、ってね、あんた知らんでしょ。わたしの店なんかね、毎日こんな大きな鍋に湯を沸かしては、布巾はぜんぶ煮沸ですよ、作って売るだけが商売じゃないんですよ」

「おっしゃる通りですね」

「わたしなんか大鍋をひっくり返して、熱湯をね、ざぶっと浴びたんだから」

「まあ、大変」

昔はよかった、いまはだめだ、という話ばかりする人――商店会長もそうだ。ただ、昭和風情がある大きな和菓子店が、近々コインパーキングになる更地にいまも建っているかのように話す会長に、晴海は痛ましいものを感じた。

はじめて新型ウィルスの出現が報じられたとき、これほど世界的な惨禍になることを、誰が予測しえただろう。しかし予想がついたとて、手が打てたかどうか。

失い続けることに耐えなければならない時代になったのは、かならずしも新型ウィルスのせいばかりではないかもしれない。その予兆はすでにあったようにも思える。それにしても、これほどあっという間に、多くの人たちが多くを失うとは。自分の命がたちまち奪われることも怖ろしいが、別れもいえず親しい人を亡くすのも耐えがたい。あるいは、たまたま影響を受けやすい職業だったために、生計が危うくなってしまうのもつらいだろう。しかしなによりも、姑息に変異して感染と被害を拡大していくウイルスに時間や経験を支配されてしまうとは、信じがたいほどの人間性の喪失だ。

でも――と晴海は思った。

〝この怖ろしさを、みんなが共有していることだけは、確かじゃないかな。地球の反対側に住む人どうしだって、わたしがしているのと同じように、目と目で共感し合えるはず。知らない人の痛みや悲しみを、誰もが心から理解できるようになったんだわ。戦争も暴力も、世界からはぜんぜん消せないうちに、こんな悲惨なことをきっかけに、人が理解しあうようになるなんて、それも悲しいけど〟

人との接触が感染原因だとすれば、それが必要な仕事に負担がかかるのは、つらいがやむをえない。しかしそうした仕事の多くが、人に安全や娯楽を提供する職種であるだけに、ほかの人たちの応援の気持ちも、強くなっているのではないだろうか。晴海たちが腕を組むように仕事しているようすを見て通る人たちが、ただ食事のためでなく晴海たちのためにも、買ってあげようかと店をのぞいてくれるように。

晴海は、「まあ聞きなさい」とくり返しては、声をあげる老人を見た。

〝商店会長さんは、どっちを向いても仲間はずれになっちゃっているのね〟

感染拡大のおかげで閉店することになったというが、古い和菓子店は以前から勢いを失っていた。いずれにせよ消えてしまっただろう。どちらにせよ、この街の歴史と自身の経験から追放されてしまった商店会長は、加盟店の多くがきびしい経営をしいられている商店会を、会長として牽引することもできず、子どものころから親しんできたこの商店街に、ぎゃくに島流しにあったかのような、幽閉されてしまったような気持ちで、ただ端から端まで行きつ戻りつしているのだ。現在に居場所を失い、過去は悔恨とともにしかないと、思い知らされて、思い出に生きることすらできずにいる。この人にも未来はあったが、その未来も新型ウイルスに塗りつぶされてしまって――。

晴海は、商店会長が訪ねてくると、よけいな受け答えはせず、できるだけ「はい」と「すみません」だけで応じてきた。むろん会長は、そんな晴海の配慮に気づくよしもなかった。やり場のない思いだけがあり、それはいまもまた、新しい店のあら探しの形で、会長の口をついてあふれ続けるのだった。

いま、目をつけられたのは、店の扉の脇に備えつけた、ペダル式の除菌剤ポンプだ。置く店や施設が多くなり、使いかたも周知のものになっている。

「だいたいこんなものね、お客さまのほうにきれいにしろなんて、やらせることが間違いだよ。お客さまの衣類を汚しかねんじゃない。消毒がどこまで飛ぶかわからんようなものを、足で横着な」

よくそんな解釈ができるものだと晴海は感心し、つい説明した。

「いえ、あれって好評なんですよ。お客さまがつぎつぎに手でポンプを押すと、ウイルスがボタンに残るかもしれないでしょう、足踏み式ならですね——」

「そんなことも知らないと思ってるの、そういうことじゃなくてね、あんたみたいな若い人は、まず客商売の心構えというものからね——」

「会長っ、こんばんはっ！」

という声がした。

マスクをした拓也が、その除菌剤のペダルをこれ見よがしに何度もがちゃがちゃ踏みつけ、おおげさに両手をこすり合わせていた。

「会長こそ、どないでっかァ、景気は！」

すると商店会長は、突然なぜか腰が引け、「どないもこないも」とへたな関西弁で応じたかと思うと、「それじゃ頑張って」と、かき消えるかのように立ち去った。

「ありがと、シェフ、助かったわ」

「いや、オーナーにもおれにも、ばかていねいなくらいで、ああいう感じはぜんぜんなかった人なんだけどね。なぜか店長のことはいじってくるな、とは思ってたのよ」

「かわいそうな人でもあるんでしょ」

242

「そうね、長く続いた店が自分の代でつぶれちゃってさ、どことなくおかしくなっちゃったままらしい。商店会のとりまとめは、そば屋の『いち庵』さんがやってるでしょ。それだって会長が怠けてるとかじゃなくて、事務連絡とかがもう正確にやれないってこともあるみたいだな」

晴海はうなずいて、立て看板の向きを直した。

「ごめんなさい、わたしが外に出たがるからね、さあ、お店で売りまくるわ」

すっかり暗くなっていた。晴海は商店会長の後ろ姿が小さく見える、駅のほうを見た。さほど大きくない商店街の店々から発される光が、それなりに夜空に映え、ちらちらと輝くのは、小さな勇気の集まりを感じさせもした。しかし、とぼとぼ歩み去る商店会長が、その明かりでぼんやり薄く浮き上がっているのを見ると、晴海は、泣きたくなるようなさびしさも感じた。

うすら寒さに晴海は身をすくめた。緑のウインドブレーカーの背中には「元気印の商店街！」という文字がロゴマークになって白抜きされている。だが、このウインドブレーカーが作られたきり、商店会のイベントはすべて中止されたままだった。

〝わたしがもっとしっかりして、シェフと谷下さんに気を使わせずに仕事をしてもらおう。ひどく無理はせずに利益をなんとか出すって無理なのかな。レストランを復活させられたら、いまのふたりがシェフと給仕長でベストなのに。そう、星を売りものにするような高級店

じゃなくて、やっぱりビストロか、ブラッスリーくらいの感じがいいわ〃

晴海の想像は、そこで止まった。

〃レストランが再稼働することになったら、わたしはどうするんだろう〃

同じようなフリースジャケットを着た母子らしいふたりが、小さい犬をつれて、駅のほうへ足を早めるところだった。母親らしい人が、晴海に軽く会釈してくれた。よく見ると、買いものついでに寄ったといっては、すこしずつ買ってくれているお母さんだった。商店街と反対側の駅向こうに住んでいるといわれた気がする。

となりの駅前も似たような雰囲気にちがいない、さして特徴がないこの駅前通りにも、歴史はあった。

戦後の宅地開発と路線延長に合わせて、街道筋のほうから店を移してきた大きな和菓子店が知られていたし、かっぽう着やエプロン姿の主婦たちが毎夕、野菜や魚を買ったものだ。煮豆や佃煮の店に、乾物屋やおでん種の店、ご用聞きが騒々しく出入りして角打ちも繁盛している酒屋など、小さな店がざわめいていた時代があった。

その情景は光芒のなかに消え、晴海には思い浮かべることすらできない。それでもこの商店街は、静かに明日を迎えながら生き続けてきた。晴海たちの店はそのいちばん端で、小さいけれど見すごされることのない灯を、点《とも》そうとしているのだった。

＊

晴海が店内に戻ると、あとから村上さん夫婦が入って来た。拓也をホテルレストラン時代から贔屓《ひいき》にしてくれて、もちろん「レ・キャトル・セゾン」の常連でもあった、上品な年輩の夫婦だ。テイクアウトの店に変わってからも何度か車で来て、そのたびに、そんなにどうするのかと思うほど買ってくれるのだった。

ショーケースの後ろに回った晴海は、配膳口から厨房に声をかけ、拓也に村上さんたちの接客を頼んだ。自分も加わって村上さんや奥さんと、もっと知り合いたかったが、さほど広くない店内で集まって話してはいけないし、そうでなくとも、店員が常連とばかり話しているという印象を持たれるのはよくなかった。

〝わたしったら、それほど無理しなくたって、だまっていられるじゃない〟

晴海はマスクの中で苦笑した。そして、村上さんたちに礼儀正しく料理の内容や温めかたなどを説明している拓也を見た。

ふと目が合い、晴海は「ありがとう」というまなざしを送った。マスクをしたどうしでも通じるような気がしたが、拓也は首を傾げて「わからない」というポーズをした。晴海はすぐ目をそらし、続いて店にはいってきた若い女性客に「今夜のご夕食にでしょうか」と訊ねた。

接客の手がすくと晴海は、ため息をついていった。

「村上さんご夫婦って、ほんとに助かるわ」

谷下も、カードリーダーを戻しながら、しみじみいった。

「たびたびは来られないからって、めっちゃ買ってくださるんですよね。うちのオリジナルじゃなくて輸入会社のおすすめ品ですけどって説明したんですけど、棚のオリーブオイルやブイヨンもひととおり買うっておっしゃるし」

「おれさ、村上さんね、買ってもらえるのはうれしいですけど、いくら車で持って帰るからって、そんなに食べきれないでしょ、っていったのよ」

「そしたら」

「息子さん夫婦や知り合いに配ってるってさ」

「というお話だったんで、ショップカードとフライヤーを多めに入れときました」

「テイクアウトを始めるとき、奥さんがフラワーバスケットをくださったじゃない。大きい花はじゃまになるわよねって、気も使っていただいて。そういうお客さまがいらしたレストランだったのね」

谷下がすぐに応じた。

「ぼくはシェフの人徳だと思ってますけど」

「なにいってんだよ、なにも出ないぞ」

「ひどいことをいうわね、そんな冷たい人を兄貴って慕ってくれる子分なんて、いまどきいないわよ」

くすくす笑いがした。よく買いに来てくれる、近所の奥さんだった。その後ろに、はじめてらしい勤め人ふうの男性が、やや気後れしたようすで続いた。

「あらごめんなさい、いらっしゃいませ」

と晴海はいって「すみません、奥さまはこちらから、おあとのお客さまはこちらから、ご覧になっていただけますか」と、距離をとれるように案内した。


そのとき、ショーケースの後ろを通って厨房に戻りかけた拓也が、ズボンのポケットからスマートフォンを出した。厨房にはいったかと思うと、深刻そうなやりとりが始まった。くぐもったような早口の声がきれぎれに聞こえてくるだけで、どんな話なのかはわからない。晴海は目線で谷下に〝お客さまに集中しましょう〟と伝え、開け放してある扉から店をのぞいていた新しい客に「いらっしゃいませ」と声をかけて、招き入れに扉へ向かった。

厨房から「おい谷ちゃん、ちょっとこっち頼む」と拓也の声がした。厨房へ入った谷下は、すぐ戻る気配がなかった。晴海は客に聞かれるままに料理を説明した。そういうときに限って客が続いたので、パック詰めからレジまで、ひとりで応対し続けた。

「ねえちょっと、どうしたの」

客が途切れた頃合いをみはからって、晴海は厨房へ声をかけた。

すると、拓也が厨房を飛び出してきて、晴海を押しのけるように、急いで店から出ていこうとした。

「シェフ！　待って！　なにもいわずに、どこへいくつもり！」

晴海は、この店ではじめて、大きな声を出した。

「ごめん、ちょっと出るわ、谷ちゃんに頼んだから」

「頼んだからって、彼に厨房は無理じゃない」

「急ぐんだ、ほんとに悪い」

拓也はそのまま店を出て、自転車をがちゃがちゃいわせていたかと思うと、たちまち駅のほうへ走り去った。

晴海はあっけにとられた。そして「よほどのことが起きたみたいね」と、誰にともなくつぶやいた。

谷下の返事に、晴海はさらに驚かされた。

「お子さんが、急にひどい熱を出したんだそうです」

「え、お子さん？」

「ご存じなかったですか、幼稚園に通ってる女の子ですけどね」

「知らないよ、そんなこと。でも、幼稚園にいく子どもがいるということは――」

「シェフって、子ども好きみたいですよ」

〝ちがうわ、そういうことじゃない〟

晴海は、なぜ動悸《どうき》がするの、と思ったが、よくわかっていた。

〝シェフには、ちゃんと「奥さん」がいるってことじゃない！　わたしは、なにも知らずにシェフと――〟

「谷下さんは、どうして知ってるのよ」

晴海はつい詰問調になった。

「あ、いえ――レストランでバイト採用になったとき、すこしだけオーナーに説明されました。シェフからも、仕事をはじめる直前にいわれまして」

「わたしの叔父さんが、あなたに説明したわけ？」

「そうです」

「シェフも谷下さんには話しているのね」

「ええ、シェフは奥さんとは、しばらく前に別れているんですけど」

「あら！」

「その奥さんがまだ、営業中でも電話やメールしてくることがあるんで、シェフが厨房でスマホしていても気にするなと。店の電話にかかってきちゃったときは確かめてから、お客さんに気取られないようにうまくいって切るようにって。ぼくが来てから店の電話に奥さんがかけてきたのは、何度もなかったですけど」

「娘さんは、ママと暮らしているのね」

「そうですね、シェフは、たまに会ってるらしいです」

「いま店を出るとき、なぜわたしには説明しなかったのかな」

「さあ——説明に時間がかかるからじゃないですか。お子さんのことが、とても心配そうでしたし」

「奥さんだった人はどんな人か、谷下さんは知ってるの」

いけない！　詮索がましいことに気づいて晴海は後悔した。ああもう！　思ったことをすぐ口に出す癖がまた！　しかしマスクで晴海の表情が見えないせいか、谷下はすぐ答えた。

「いえ、奥さんにもお子さんにも会ったことないです。オーナーの話だとホテルレストラン時代に知り合った人で、シェフよりいくつか歳上みたいですね。シェフがオープンキッチンでやってたころは、追っかけさんみたいな女性のお客さまがずいぶんいたみたいですけど、奥さんも、よく来てらしたらしいです」

谷下が話すにまかせて、もっといろいろ知りたかったが、また客が入ってきた。谷下も、しゃべりすぎたと思ったらしく、売り切れたバットやトレイを素早くショーケースから下げたり、追加を補充したりしはじめた。

晴海は客の注文を、ていねいに受けた。冬の声が聞こえる寒さのなか、外の立て看板に「今夜のおうちフレンチはポトフです！」と書いたのがよかったようだ。多めに作った温かそうなポトフの香味が店の外へ流れているのも客を招いたらしい。ポトフを買う人はたいてい、ほかの惣菜も買ってくれるから、今夜は忙しかった。


きょうは早めに店じまいしましょうと告げながら、晴海は谷下にあらためて訊ねた。

「それでシェフは、なんて頼んでいったの」

「とにかく娘さんがかつぎこまれた病院に走るんで、洗いものと厨房のかたづけ、それと除菌作業ですね、できるレベルでいいからしといてくれと。でも明日シェフが来られなかったら、どうしますか」

「シェフと連絡をとって、明日は出るかどうか確認しないと。うちは作りたてを売り切るのが基本路線だから、シェフがいなければ、お話にならないもの」

「しばらく来られなくなったら？」

「いまは、お子さんを心配してあげましょう。熱があるということは、感染の可能性もなくはないし、もし奥さんだった人も感染していたら、シェフがいっててあげないと、大変だもの」

「でもそれだと、シェフも安全とはいえなくなりますよね」

晴海は、ぐっとつまった。

〝そうか、感染問題って、自分がよく気をつけてさえいれば、と思ってたけど、こういうことが起きてしまうのね〟

晴海は、だまってショーケースへいき、除菌スプレーをクロスに吹きつけては、ガラスの表やキャッシャー、カードリーダーなどを拭いた。いらだちが隠せない乱暴なやりかただった。

谷下はそのようすを心細げに見た。いつもなら晴海は、なにごともはっきり説明してくれるのに、不機嫌そうにだまって拭き掃除をしているだけだったからだ。

「あの、もしシェフも感染してしまっていた場合は、お店のほうは――」

「わかってるわよ、うるさいわね」

といったとたん、晴海はわれながらうろたえた。

「ごめんなさい、わたし、ひどいよね」

「とんでもありません。ぼくが店長のさき回りをして、よけいなことをいったんです」

「いいえ、わたしこそ混乱して、まともに考えられなくなっちゃって。いまシェフに電話やメールをしても取りこんでいるだろうし、お子さんが感染しているかどうかに関係なく、容態が落ちつくまで見守ってあげるんでしょうし」

「そうだと思います」

「ともかく明日は臨時休業、それは決定ね。明後日《あさって》以降は、シェフから連絡がくるのを待って考えましょう」

晴海はショーケースの後へ回って扉を開け、残り少なくなった品々をチェックした。

〃ポトフは正解だったわ。サラダを買う人も多くて、どれも今夜は完売しそう。野菜ものはもっと工夫したいところね〃

ケースの正面に回った晴海は、両手を腰にあてた。

〃今夜は『お残り』がほとんどないのね、ありがたいわ、毎日こうだといいんだけど〃

品揃えや販売量の見きわめは簡単ではなかったが、晴海なりに回せるようになってきてはいた。とはいえ、調理はもちろん厨房の管理などは、拓也がいなければ、どうしようもなかった。暖房はしているが、換気のため開け放した扉などから入りこむ寒さが、足元から背筋へと這いあがってくるようだった。晴海は、すこし震えて両腕を組んだ。

〃臨時休業が、明日だけで、すめばいいんだけど――〃

「レジ締めます」という谷下の声に、晴海はふだんのように「お疲れ」とも「お願い」とも返事をせず、だまってうなずいた。

谷下が厨房をかたづける音が聞こえていた。

晴海は、厨房へは入らなかった。谷下は拓也の指令どおりに作業するだろうから、よけいなことをしてはいけない。

あの子の几帳面さはどこから来るのだろう、と晴海は思った。圭一叔父が、レストランのアルバイトからテイクアウト店のスタッフに横すべりさせたので、そもそも谷下がどこの誰なのか、晴海は知らなかった。そういえば年齢も知らない。アルバイトなら学生だろうと思い込んでいたが、いまの店にはフルタイムで勤めているではないか。

〝あの子、なんていってるけど、まさか同世代だったりするのかな〟

晴海は、厨房のかたづけを終えて店の掃除にかかった谷下を見た。ぽちゃっとした子ども体型の谷下は、しゃがんで冷蔵ケースの端に取りつき、人なつこい丸い目を見開いて、クロスで一心に拭き掃除をしていた。

うっかり手伝うと、「ありがとうございます」といいながら領域を侵されたような顔をするから、閉店前の清掃と除菌も、いつもどおり谷下にまかせ、晴海は壁に造りつけた商品棚の前に立った。

ユーモラスなラベルのブイヨンを、よく見えるよう並べ直しながら、晴海はクリスマス企画をあれこれと思い描いた。

真冬に冷蔵ショーケースだけのお店って、つらいわ――と晴海は思った。保温ケースやウォーマーを使ったら、温かい料理をどれくらい温かいまま持ち帰ってもらえるか、試したかった。凍りつきそうな真冬のパリで見かけるたびに身も心も温まった、ロティサリーのヒーターを、これからの店頭に置いてみたかった。ローストがずらりと並んで回る、温かい色彩と美味しそうな匂いは、この商店街でも人びとを立ちどまらせるはずだ。

〝電源の仕様とか、レンタルできないのかとか、わたしが調べなくちゃね。実現させたかったら一から十まで行動よ。この店の仕事で思い知ったわ〟

晴海は、そう自分にいい聞かせた。

クリスマスといえば、詰めものをしたチキンを売りたかったし、サンタやトナカイを飾ったブッシュ・ド・ノエル——日本でも売られて、よく知られるようになった、フランスのクリスマスケーキも出したい。子どものころからチョコレート菓子が大好きな晴海だった。クリスマスにはすこし間があるけど、早いうちにシェフと相談しないと、料理だって夢想しているだけになってしまう。

〝そういえば、ひどくけなしちゃった、あのコースメニューのデザートは、チョコレートのお菓子だったな。商売抜きで好きなように作っていいよっていえたら、うちのシェフ、童話に出てくるようなすてきなチョコケーキを作れるのに〟

作業を終えた谷下が、晴海のところにきて声をかけた。

「ぼやぼやしていると、あっという間にクリスマスですよね」

「あら、わたしの考えていたことがわかったの」

「いや、わからないですけど、クリスマス向けの商品を考えてたんですか」

「お店のことじゃなくって、ふふ、また夢を見ちゃってたの。子どものころはクリスマスにしか食べさせてもらえなかったメニューや、お菓子かな。わたしの好きなものを、お客さまも気に入ってくれたらいいのにって」

「そういうふうにやれたら最高ですよね」

「谷下さんは小さいころ、クリスマスの料理やお菓子で好きだったのは？」

「いやあ、どうですかねえ、期待してたのは食べるものより、ほしいゲームをプレゼントしてもらえるか、かなあ——ぼくは、クリスマスセットのデリバリーができないかって、まあ、現実的なことを考えてました」

　晴海は思わず、谷下の肩を叩いた。

「現実的でなくっちゃ！　シェフ渾身のクリスマスディナーとかを、谷下さんがサンタになって持ってきてくれたら、わたし、うれしくって抱きついちゃう！」

　谷下はどぎまぎし、晴海から目をそらしながらいった。

「ほんもののサンタクロースなら、ここらの宅地ぜんぶに、ひと晩でデリバリーできるから、すごい売り上げですよね」

「ほんとに。でもサンタはチャリティ事業だからさ、こっちはクリスマスシーズンには、なんとしてでも商売しなくっちゃ」

「ぼく、サンタの格好しますよ」

「あら、わたしだってするわ」

「シェフは嫌がるだろうなあ、まあ、サンタの扮装じゃ調理できないですけど」

「気どった白のウエアが命だからね、あの人は」

そういいながら晴海は、照明をおとしにかかった。

店の扉に施錠してもまだ、拓也からは連絡がなかった。

晴海は谷下に、明日は店に来ないよう念を押した。

「なんとか今夜、シェフに状況を聞いて、明後日《あさって》以降のことを考えるわ。明日は休業にしたのに悪いけど、相談の電話かメッセージさせてくれる？」

谷下はうなずいた。

「今夜おそくでもいいですよ」

「ありがとう、ともかく今夜は帰りましょう」


晴海と谷下は、だまって商店街を駅へと向かった。

飲める店は、感染対策要請には、そのつど従って営業していた。商店街のイメージを守るため、加盟店は対応を厳守する申し合わせになっていた。

拓也の作った料理を仕入れてメニューに加えてくれている店を通るたびに、晴海は軽くうなずいた。にぎやかすぎるほどの談笑や音楽がもれてくるのを聞いていると、意地になって営業しているような様子もうかがえて、怖いような気もしたが、商店街のバーや居酒屋らしく、いつもの顔ぶれがいつもの時間をたいせつにしようとする連帯感のようなものも感じられて、せつないのだった。

駅が近くなると、隣を歩く谷下に晴海はふと聞いてみた。

「谷下さんは、自称シェフの弟子よね」

「いやぁ」

谷下は、てれくさげに笑った。

「店長がいったみたいに、押っかけ子分どまりですよ。料理人になるには遅いしね。ご存じないと思いますけど、ぼく、けっこう年齢いってるんで」

「あら、そうなの、遅くはないと思うけど」

晴海は、やっぱり――と思いながら、それ以上は聞かずにおいた。

「だいぶ前ですけど、求人情報誌の特集にシェフが載ってるのを見たのが、最初なんです。ホテルレストラン時代に」

「すごいオープンキッチンで、拓也オン・ステージ！　ってところでしょう」

「そうなんですけど、なんかカッコ悪かったんですよ。写真も、うんこ坐りで」

晴海は笑った。

「わかる！　ホテルからいわれたから取材受けてやってんだぜ、みたいな態度でね」

「記事、とっとけばよかったな。でも、インタビューの内容には感心しちゃったんです。若い料理人たちが、芸能人みたいにテレビでカッコいいことをいい出したころで、シェフも出てはいましたけど、なんか、ぜんぜんちがうんですよね、あの人は。自分は不器用で調理の仕事はつらいって。作っている身には自分の料理が美味しいかどうかなんてわかったためしがない、とか」

「それじゃ求人雑誌の特集になってないじゃない」

「そうかな、ぼくはすごいなと思いましたよ。キャトルセゾンでバイト募集があるのを知ったとき、あのシェフの店ならって、すぐ応募しました。だめもとでしたけど」

「だめもと？」

「引きこもりだったんです、いいかげんにやめるきっかけがほしかったんで――あ、電車、来ましたから」

　晴海とは反対の下りに乗る谷下は、改札を急いで通り、こちらを向いて頭を下げると、ホームへ走っていった。

　拓也が店を飛び出そうとしたとき、大きな声を出したことを、晴海は後悔した。

　彼がその場で理由をいう余裕がなかったのは、谷下の話から無理もないと思った。子どもは感染しても重症化の危険は少ないといわれてはいるが、そもそも病院に運ばれるほどの熱を出したと聞いた拓也の心配を思えば、あの怒声は恥ずかしかった。

しかし、もし理由を知っても、やっぱりシェフを咎《とが》めてしまったかも、と晴海は思った。晴海には、ことがあったら、なりふり構わず駆けつけるような存在はいない。叔父夫婦への感謝の思いはもちろんあるが、彼らに〝こと〟が起きたとして、迷わず店をほうり出して、拓也のように飛び出していくだろうか。

明日一日の臨時休業のみで再開できるかどうか、そのことばかり心配している。心配を忘れたいと冗談をいってみたりする。そんな自分が、さびしい存在に思えた。

子どものために、そして離婚しているとはいえ、その子の母親のために、あんなにあわてて走った拓也が妬ましいような気持ちになる。別れた妻であるという女性に嫉妬するのではない。たとえいったん壊れても、家族の時間を刻んできた時計を捨てないでいる拓也のことが、くやしいほどうらやましいのだった。

＊

両親が亡くなったときのことを、晴海は順序だてて思い出すことはできない。

小学校の授業中に呼び出しがあったとき、なにか大変なことが起きたことはすぐ理解できた。そして叔母の洋子が迎えに来ているのを見たとたん、自分の親のことだと気づいた。

しかし、そこからの記憶は混乱している。

思い出そうとするとかならず、赤い警光灯の点滅とサイレンの音が始まるのだが、晴海は両親が運ばれた病院にはいっておらず、圭一叔父の家にいたのだ。大破した「うちの車」もなんとなく思い浮かぶけれど、実際には見ていない。トラック二台とからむ事故に巻き込まれたとき、なぜ両親が揃って平日の午後に「うちの車」で出かけたのかということも、確かめる機会もなく、いまだに知らないままでいる。

葬儀にはもちろん参列したが、圭一や洋子に手を引かれて、きょとんとしていたことぐらいしか記憶にない。晴海の家はたたんで叔父の家に移ったとき、部屋にあった自分の持ちものが、ほとんど位置を変えずに叔父の家の一室にあるのを不思議に思った。そのさまを見ているときのことばかり、おぼえていたりもする。

両親をいちどに亡くしたのに涙が出なかったことも、よく思い出す。せいせいしたような気分にさえなったのだ。周囲がショック症状だと誤解し、気を使いすぎるのが不満なほどに。

あの日の朝も、学校にいく前に両親から叱られた。ませていて口数が多いせいで、いつもなにかと叱られたが、自分がそうなるように生まれついたのか、あまりにも口うるさい両親のせいでかえってそうなったのか。

幼いころは、いつも緊張して、気がふさいでいた。というのも、毎夜のように両親が低い声で罵り合っていたからだ。布団をかぶった晴海の耳には、くぐもった怒声しか届かなかったが、これほど仲の悪い夫婦に、なぜ自分という子どもが恵まれたのかと、〝おとなのすること〟を知るまでは真剣に悩んだほどだった。

圭一叔父の家に引き取られ、叔母の洋子の世話で床についたとき、晴海は、このまま眠ったきりなのではないかというほど熟睡した。

「かわいそうにねえ、心が参ってしまったのね」

「しばらく、ほうっておいてやろうじゃないか」

そのとき晴海は、大きな声ではいえないような解放感とともに訪れた眠りとひきかえに、それ以前の記憶のつながりを、すこしずつ失っていったのだった。

＊

晴海は、電車を乗り換える渋谷までの間、今後のことを考えた。

乗客の姿がわずかな都心への上り列車で、晴海は吊り革にも手すりにもつかまらずに立っていた。

拓也からの連絡は、まだなかった。

不穏な潜伏期間と急な重篤化を特徴としながらも、変異するごとにどんな攻撃を仕掛けてくるか読めないのが、新型ウイルスの怖ろしいところだ。考慮すべき症状や日数が錯綜する。もし、拓也の幼い娘の発熱が新型ウイルス感染によるものだった場合、重症化した例は少ないとされるものの、安心できるまでは日数を待たねばならない。もちろん拓也たちも濃厚接触者として検査を受けるが、感染してしまっていたら、さいわい症状がなくとも、外出せずに日がすぎるのを待つ必要がある。

娘の熱が感染のせいではなく、ほかの危険な病気でもなく、拓也たちも感染していないと判定されたら、ようやくひと安心だ。しかし、それでも一定期間は活動を控えてくださいという指示があるだろう。病院は最大レベルの感染対策をしているが、外来患者が多い場所に長くいたなら、拓也は再び感染検査を受けてから仕事すべきなのでは。はたして、それで安全なのか――。

いま指を折って日数を数えても意味はなかった――新型ウイルスって、人間を病気にして苦しめるだけじゃなくて、わたしたちの時間をめちゃめちゃにしたあげく、その時間を奪っていくのね――晴海は頭を抱えたくなった。

〝大事なのは、シェフの状況を聞いたら、お店の姿勢をわたしがはっきり発信することよ。時間を奪われるままにならないように〟

重大な事態でなければ、なにごともなかったように営業を続けようという考えは、晴海にはなかった。その潔癖さは、晴海の長所であるいっぽう、やっかいごとをもたらしがちでもあったが。

電車は、ほどなく終点の渋谷に着いた。

車内こそ空《す》いていたが、人かげがまばらになった緊急事態初期のころからすれば、若者たちのにぎわいがほとんど戻っている、かつてに近い夜の渋谷だった。晴海は身をすくめ、小柄な身体をますます小さくした。新型ウイルスは晴海から、そして多くの人びとから、さまざまな形で時間を奪い続けていた。


「もう落ちついた。検査も三人ともした」

その日の深夜、家にいた晴海に、拓也が報告の電話をかけてきた。

「はしゃぎすぎると、よく熱を出すんだ。たいていすぐ引くけど、治りが悪くて熱が高くなっちゃったみたいでさ。病院でしばらく寝かされたけど、帰ってもよくなったんだ」

翌朝、検査結果も出た。拓也も娘も、その母親も感染していないと、拓也からメールがあった。

追って電話してきた拓也に、晴海はいった。

「娘さんがすぐよくなってほっとしたわ。感染もなくて、ほんとによかったね」

拓也は、さっぱりした声でいった。

「というわけだ。仕入れは電話しとくし、臨休あけは早出して、厨房をきちんとするわ。ときどき娘のところへ電話いれさせてもらうけど、それ以外、いつも通りやる」

しかし、晴海はいった。

「だめ」

「え？」

「病院へいって、長いこといたでしょう」

「それはそうだけど」

「混んでいた？」

「救急病棟は、けっこうね」

「病院は徹底的に感染対策しているから、お店の仕事とどちらが危険かっていったら、わからない。これまで病院で起きた集団感染って、外来の人にも広がったとはいえないようだしね。それでも、混んでる院内にいたあなたは、様子をみてもういちど検査を受けなければいけないわ。検査は一〇〇パーセント正確ではないから」

電話の向こうで、拓也は固い声を出した。

「過敏すぎないか、せっかく陰性だったのに」

晴海はスマートフォンを持ち替え、落ち着いて答えた。

「そうね、でもシェフだって、厨房の除菌は、あれ以上ていねいにできないくらいやるじゃない。わたしはこれから二週間、自主休業して、あくまで念のための休業って、店頭とフェイスブックに出すつもり」

「おい、ちょっと待てよ。なにごとも店長のおっしゃる通りにするけど、いわせてもらっていいか」

「どうぞ」

「そういうのは、やりすぎだし、逆効果になる気がする」

二週間休業する案は、さっき谷下に相談し、やはり反対されていた。まじめすぎると、かえって誤った噂が拡散しかねないというのだ。晴海が打ったメッセージを見た谷下は、すぐ電話してきた。

「飲食店にだって休業要請までは出ていなくて、営業時間を調整して開店できているのに、いまになって、テイクアウトの店を二週間も休むのはどうでしょう。長すぎますし、念のための自主休業じゃなく、店員が感染したか集団感染が出たんじゃないかって疑われそうです」

「わたしは、起きたことを黙っているのはどうかと思う」

「基本的には、なにもなかったじゃないですか。店内の除菌も徹底してますし、公表する必要はないですよ。正直すぎてもだめです。ディスるやつって、まじめなことの、あげ足をとるのが好きですから」

「うちの店は、ネットの住民なんかにいじられるような店じゃないよ。お客さまだって、くだらない情報なんか見ない」

晴海はつい、また声を荒らげた。

「わたしは、こういうことが起きたけれど、ほんとうに安心してお買い求めいただける店です、っていいたいの」

「それは、よくわかりますが――」

「店長の、きまじめさっていうか、筋が通んないことはだめだっていう性格は、わかってきてるつもりだけどさ」

電話から、拓也の声が続いていた。

「いくらなんでも、やりすぎというか、意味がないような気がするけどな」

「じゃあ、効果的な方法をいってもらえる？」

「そんな、喧嘩腰で来られても――ときどき自主的に検査を受けて営業してりゃいいんじゃないの」

「もし、何日か後の検査でやっぱり感染していたってわかったら？」

「そんなことをいい出したら、三人が交代で検査を受け続けるしかないぞ」

「こんなふうに、いい合いをしながらお店を続けたくないの。スタートラインを引き直したい」

「だからさ、店長の気持ちはわかるんだよ、けどね――」

「わたしだって、なにを基準に判断して、ふだんの生活もそうだけど、こういうお店の営業をしていけばいいかなんて、なんの確信もないのよ。どれくらいの期間、隔離すればいいかということの意味も根拠も、よく知らない。だからって適当でいいわなんてやっていたら、未来を見る気力がなくなってしまうようで――」

「わかった、もめるのはやめよう。おれが起こしたことなんだから、おれはよけいなことはいわない。店長が決めたことは、おれは守る」

「助かるわ。それとシェフには、いまの話とはべつに、お礼をいわなければならないことがある」

「仕事を投げ出して飛び出たうえに、こんなことになっちゃったけど」

「谷下さんもだけど、ふたりとも、休んだら売り上げはどうすんだとは、ひとこともいわないでくれた」

「いやそこは、まあね、長い目で見ましょうってことで」

「あら、お見通しなのね」

ようやく、ふたりは笑った。

晴海は、二週間の臨時休業告知と理由を店の扉に張り、フェイスブックに掲示した。

二週間は、思ったよりずっと早くすぎた。

晴海はその間、拓也にも谷下にも、ほとんど連絡しなかった。レストランをテイクアウト店にせざるをえない話は、情緒的にでなく「ビジネスライク」にしたという、圭一叔父のことばが思い出された。店の三人でウェブミーティングなどしてしまうと、感情があふれて、せっかくの連携を自分から壊しかねないと思った。三人のなかではもっとも経験が浅く、名目だけの店長なのに、その立場にむしろ寄りかかって、山ほどかかえている不安を際限なく訴えてしまいそうだった。

拓也には、ひとりで自主隔離していてとまでは頼まなかったが、食料を買い込んで外出を控えていてくれた。

「自分のために料理なんてしなかったんだけど、ネットで調べたりして、みそ汁とか煮魚とか作るの、けっこう面白くてさ」

休業期間が終わるころ、元気にしているかどうか電話すると、拓也はそういって笑わせた。

「フレンチの腕を鈍《なま》らせちゃったかもしれない、ごめんなさい」

「あのさ、こんな程度で下手になってちゃ、やってらんないし。それにおれ、和食でも、ちょっとやれるような気がしてきてるんだよな」

「怒られるわよ、そんなこと、本職の板前さんに聞かれたら」

谷下からは、日報のようにメッセージが届き続けていた。返事は求めず、今後の参考にと、ネットで見つけた動画を冗談半分に送ってくるのだった。ロボットが接客するカフェや、出前メニューをメガ盛りにする街中華の動画を楽しみながら、晴海は谷下の気づかいを感じた。店頭やフェイスブックに掲げた休業のお知らせへの反応も、谷下が知らせてくれた。好意的なお客さんが、すくなからずいるようだった。

不愉快な噂にはならなかったですね、という谷下の連絡を最後に、再開の日が来た。

〝あたりまえのことを、ていねいにくり返すって、役に立たないことなのかしら〟

休業中、晴海はたびたび考えた。

〝ささやかな仕事をいつものように、すこしずつ工夫して、嘘がないように続けていたら、いつしか気持ちが冷静に、強くなっていってくれないものか。人それぞれが、そのようにしているだけで、みんなで新型ウイルスに立ち向かっている証にならないんだろうか――〟

でも、わたしはまだまだね、と晴海はつぶやいた。

〝だって晴海、あんたは昔っから、ほんとは目立ちたがりじゃない。自分の頑張りに気づいてほしがるタイプよ。いちいち口を出してかき回したがったのも、騒がせたあげくひとりにしといてっていうえらそうな態度も、さびしいわけじゃない、とかいっちゃって、本音はさびしくなることが怖かったんだよ。いまの店をやっていてもそう。それじゃだめ！　もっとなにげなく、そこにいてくれたんだねって思われるような人になりたい。それって、わたしには無理なのかな――〟

*

再開後しばらくは、目が回るほど客が来てくれた。

晴海は、入店する客の数や、並んで待つ人の間隔を調整し続けなければならなかった。ふだん接客もする拓也も、キッチンに入ったきりだった。ゲームの達人だった谷下のレジさばきがなければ、待たされた客から文句が出ただろう。

ところが、それきりで客足はぴたりと止まった。

感染が収まる気配はないものの、外出する人は増えて、街区のようすはそれなりに復活している。なのに晴海たちの店には客は数えるほどしか来なくなり、そのまま数日がたち、クリスマスが近くなってくると、気楽にかまえている場合ではなくなってきた。

晴海は、休業したとき掲げたメッセージをあらためて見た。

従業員が、病気の家族のため、感染者治療も行《おこな》っている病院へいったこと、感染はなかったが念のため二週間休業し、スタッフ全員が検査のうえ再開することを告げたものだった。

「きちんとしているのね」「頑張ってください」と声をかけてくれる人もいたのに、なぜ急に、だれも来なくなってしまったのだろう。

その理由は、あの村上さんの奥さんから知らされた。

あまりに客が来ないので、商品を減らすしかなくなり、さびしくなったショーケースの脇に拓也がぼんやり立っているところへ、村上夫人がひとりで来てくれた。今回はみんながフロアへ出て、奥さんを迎えた。

夫婦で来るときは村上氏の前へ出しゃばったりしない、もの静かな感じの奥さんだった。しかし拓也にいわせると「ご主人より奥さんのほうが話が面白いんだよな」ということだった。目立たないが高級で趣味のいいファッションには、晴海はとうに気づいていた。きょうも、めずらしい切り返しがついたコートや小粒のアクセサリーが上品だった。

「きょうはずいぶんあるわね、楽しみね」

と、村上夫人は、種類が少なく売れも悪いショーケースをのぞきこんだ。

「遠いところをすみません、お車ですか？」

と、晴海はいった。お客さんが来なくなったんです、といいたかった。村上さんなら聞いてくれそうな気がした。しかし、また悪い癖が出て話が止まらなくなりそうで、夫人を困らせたくはなかった。

「お店が再開した日に来られなくてね」

「とんでもありません、わざわざいらしていただいて」

「あまりいけないんだから、こういうときこそって主人にいったんですよ、だけど息子夫婦がねえ、いま油断するな、出かけるなって、うるさいんですよ」

「それはそのとおりですから」

「あなたがたも大変ね、なんですか、拡散っていうんですか」

谷下が、それを聞いて首をかしげ、そっと下がった。ケースの後ろへ回り、自分のタブレットで検索にかかっているらしい。

晴海は思いきって聞いてみた。

「わたしたち、そういうものは見ないので疎《うと》いんですよ、なにか書かれているんですか、うちのことが」

「嫁がね、調べたら噂になってるから、いくなっていうのね。こちらのお身内に感染のかたがいらっしゃるだのどうだのって。嫁を叱ると息子がやかましいんですけどね、あたし、きつくいっておきましたよ、お店の通知を見たでしょ、店長さんがとてもしっかりしてらっしゃるのよ、わたしがお店で感染するなんてありませんよって」

「ありがとうございます、うちの店は、できることはすべてして営業していますって、お嫁さんにもお伝えくださいね」

「きょうは無理だわねえ」

「あら、どうしてでしょう」

「そんなに心配なら、キャトルセゾンのお土産はなしよっていってきたのね。嫁ときたら、危ないからやめろっていったくせに、ふくれてましたけどね」

晴海はくすりと笑った。村上さんの奥さんが、前にもまして好きになった。奥さんの買いものは、自分で対応した。

村上さんはきょうもつぎつぎに買ってくれた。棚の瓶詰めのジャム、オリーブ、それにアーティチョークのオイル漬けまで。晴海は三つになった大きな袋を、手伝って車へ運ぶよう拓也に頼んだ。

拓也と村上夫人が店を出たのを見届けて、晴海は谷下に向き直った。

「たしかに書かれてますね、気がつかなかったな」

と谷下はいった。

「でも、どうだろう、はっきりしないんです」

「どういうこと？　わたしに見せなさい」

「いや、目立ったものはないんですよ。あれこれ狙いをつけて検索しないと出てきません。ちらほらとあるだけです」

晴海は谷下からタブレットを受け取った。確かに書かれていて、コメントの連鎖も多少あった。

「S商店街の『K』ってデリカ、アラートです！」

「詳細希望」

「店員の子どもに感染疑惑」

「あぶないね〜」

「家庭内感染するよな」

「調理してるやつらしいです」

「平気で営業してるわけ？」

「デリカって感染源になりやすいです」

「それ心配！　どうして！」

「セルフサービスでO157」

「ポテサラな」


コメントはその程度だった、拡散されたネタを拾って、話題にしているらしい。

「あの、店長……」

と谷下が、おそるおそる声をかけた。

「あら、ごめんなさい。わたし、目が三角になってるでしょ」

「なってますなってます、それ、ぼくのタブレットなんで、壊さないでください」

「それにしても、ひま人っているのね」

「キャトルはKじゃなくてQですし」

「こんなものが信じられてしまうわけ？」

「客数に影響したとは思えませんけど」

と、谷下はタブレットを受け取り、別の画面を出した。

「どこからはじまったかはわかんないですが、噂になっちゃったものがさらに広まって、村上さんのとこでも、これなんかがヒットしたんですかね。うちのフェイスブックにリンクして、そういう話じゃないって書き込んでくれてる人もいるんですけど」

「これじゃウイルスの感染拡大みたいじゃない、背筋が寒くなるわ」

「しかたないです。こちらが動きを見せると、かえって炎上するかもです」

「でもさ、『店員の子ども』って書きかたは気になるよね。わたしは内部漏洩とみたぞ」

晴海は明るく冗談めかしていった。

「ぼくをじろじろ見ないでくださいって」

「さあて谷下にどんな拷問をして吐かせようか」

「ぼくなんて、店長の『ことば責め』だけで、すぐ落ちます」

ふたりは笑った。しかし晴海は内心、歯噛みする思いだった。こういう人たちって、なに考えてるの！　でも、さほど悪意があるわけじゃないんでしょうね。心をどこかへ忘れてきた抜け殻みたいな人たちなのかも。連鎖行動しかできない、みたいな——。

「おれにもそれ見せてくれ」

いきなり声をかけた拓也に、晴海はとび上がった。

「もう、幽霊みたいに！　村上さんの奥さん、おひとりで運転なの」

「ああ、運転に気をつけてっていったら、よくコンビニに突っ込むのよ、だってさ、面白いんだよ、あの奥さん」

拓也はタブレットを受け取った。冗談をいいながら、ひどく真剣に画面を追っているのに、晴海は気づいた。

「ほかにはないかな」

「ここに、貼りつけみたいな形では、ありますけど」

拓也と谷下の間をタブレットが往き来するのを見ながら、晴海はいった。

「じゃあ、これはほうっておくってことね」

「この話にはふれないで、店のフェイスブックに、元気に営業してますって店長がアップしたらいいんじゃないですか、くどくど書かずに」

「くどくどって、谷下さん、イヤミまでわたしのまねはしなくていいのよ」

「いやだなあ、そんなのじゃないですよ。店長がくどいなんて思ってませんし」

「ごめんなさい、わたし、書いてみるわ」

ふと晴海は、タブレットを持ったままじっと考え込むようすの拓也に気づいた。

「シェフ、どうかしたの？」

拓也は「感染疑惑か」と、ぼそりといった。そして、厨房に入ったかと思うと、ふだん着になって出てきた。

「あのさ、ちょっと出てくるわ」

「どうしたのよ、前回と同じパターンよ」

「いやこれはちがう、ちょっとヤボ用だ、すぐ戻る」

拓也はそういうと、たしかに前回より落ち着いて、しかし、彼らしくなくふさいだようすで、店を出ていった。

＊

きれいな人！

晴海は、その女性から目が離せなくなった。

出ていった拓也は、かなりたって、不機嫌そうに戻ってきた。

後に続いた女性を見たとたん、シェフの元奥さんだわ、と晴海は思った。

拓也にうながされ、店の入口でいったんマスクをはずしたその女性は、細面の顔に、やや切れ長ですこし気の強そうな目が美しかった。ハイネックのセーターにショートコートが似合っているが、スリムパンツとカジュアルヒールがちぐはぐなのは、いきなり拓也に引っぱり出されたからだろうか。パールのネックレスをし、メイクもしているのを晴海は見のがさなかった。店の仕事をするようになってそれほどたたないのに、近ごろひどくざらつき出した自分の手に、晴海はそっと目を落とした。

「おい」

と、拓也は連れてきた女性を見ずにいった。すると彼女は、意外に低い、おとなびた声で答えた。

「さっき、あやまったじゃない」

拓也は、きびしくうながした。

「おれにじゃない、店長にあやまってくれ――きちんとあやまれ」

その女性は、マスクを戻すと軽く頭を下げ、「すみませんでした」と早口にいった。晴海は、いったんマスクを下げてうなずいたが、事情がのみこめず、すぐマスクを戻して振り返り、谷下を見た。冷蔵ショーケースの後ろで谷下は、マスクをしたまま眉を上げてみせたきりだった。

晴海は拓也に小声でいった。

「シェフ、これはどういうことなの。こちらのかたは？」

「ああ、ごめん、おれの娘の母親だ」

拓也は、そういういいかたをした。そして元の妻にいった。

「いきさつも、きちんと説明しなよ」

しかし彼女はだまっていた。晴海とは目を合わせず、店内を見回すだけだった。晴海は、その視線のさきにある店内の飾りつけや棚の商品を追いかけるように見たが、拓也と目が合い、あわててていった。

「それでシェフ、あやまるとか、いきさつって?」

「この人がさ、拡散しちゃったんだ」

「拡散って——あら、ひょっとして店の噂のこと?」

「ああ、おれが病院にいったり検査したりしたことを、この人が広めちゃったんだ」

すると、ショーケースの後ろから谷下がいった。

「でも、噂じゃなく事実をですよね。うちの休業告知も、シェフだとはいってませんが店のスタッフのことだと公開してますし、ほんとうの話をグループ送信したぐらいでは、あやまっていただかなくても」

「なにをしたか知らないけど、ちょっと気になったんでいまこの人に聞きにいったら、感染してるかもしれない娘に、おれが接触したって話が、この人の知り合いにかなり広がってたんだ。おれのことも知ってる人がいるから、店は大丈夫かってやりとりになって、それが、間違った噂になって広がったんだと思う」

谷下はめずらしく、諭すような口調で拓也にいった。

「シェフが感染したまま調理してるとか、店にいくと感染するかもなんて噂を広めたわけじゃないじゃないですか」

晴海もうなずき、拓也の元の妻に向かっていった。

「そんなことより、娘さんがなんでもなくて、よくなられてよかったわ、ご心配だったでしょう」

あいかわらず、彼女は答えなかった。晴海を見もしなかった。

拓也が身を乗り出すようにし、念を押すようにいった。

「あのさ、この人がおれの話を広めなきゃ、ネットの噂なんか、なかったんだぞ」

晴海は、あっさり拓也をとめた。

「もういいの、わたしだって同じことになったら、心配でたまらないもの。相談できる人にメッセージするわよ。そのとき操作を間違えることだってある。シェフだって、なりふりかまわず病院へとんでいったじゃない」

拓也は、ぐっとつまった。

「わざわざ来てくださったんだし、もういいことにしましょうよ。お店は安全に再開できているしね」

晴海はそういいながら谷下を見た。谷下も、クロスに除菌剤をスプレーしながら、だまってうなずいた。

「シェフは、奥さんを送っていってあげたら」

「なあ店長、怒ってるんだろ、根も葉もない噂が広がって客が来なくなったのをさ。噂になるようなネタをばらまいたのは確かで、本人も認めてるんだ。だから、ちゃんと怒れよ」

「もういいってば、さっさと送ってあげなって」

そういういいかたをした晴海は、はっとした。まだ名前も知らない拓也の元の妻の、刺すようなまなざしを感じた。

「大丈夫です、あたし、ひとりで帰りますから」

元妻はそういうと、すこし迷うふうだったが、拓也にむかっていった。

「間違ってグループ送信したんじゃないの。はじめから拡散させるつもりだった」

拓也が、ぎょっとして彼女を見た。がっくり肩を落としながら「さっきは、そこまではいってなかったじゃんか」と、小さい声でいった。

「病院からグループ送信したり、みんなにも伝えて、って打ったりしたの。このまま病室にいて大丈夫かしらとか、拓也の調理の仕事に影響するから怖いとか。三人で病院から帰ってからも、病院が混んでて心配だったとか、みんな感染しちゃってるかもって」

「どうしてだ、どうしてそんなことまで、あちこちへ送信したんだ」

彼女は、美しい目を伏せた。そして、やや強くいった。

「拓《たっ》くんは、感染が怖くないわけ？」

「そりゃ怖いよ、怖いけど、確かでもない話を広めちゃだめじゃないか」

「あたしはいまでも怖くて眠れないくらいなのよ、子どもは感染しても大丈夫って、ほんとうに信じられる？　あたしが感染しちゃったら、あの子は誰がみるの。重くなって入院したら誰にも会えずに死んじゃうんだよ、だから、あの子が感染して熱が出たとき——」

「おい落ちつけ、感染なんて、してなかったじゃないか、無事だったし、誰も感染してなかったし」

「あの子が熱を出したときね、もし感染してて、あたしもだったらどうしよう、って怖くなっちゃったのよ。自分のことばかり考えてしまうのもいやだけど、おかしくなっちゃいそうで。なのに拓《たっ》くんに電話したら、お店の手が離せるまで待てないかっていったじゃない。病院に来ても、熱が下がってきたら、お店のことばかり気にして。検査結果が出て三人とも何ともなかったら、なるべく早く店に出るって」

「あたりまえだ、営業中に店長にひとことも断らずに、病院に走ったんだぞ」

「ほら、ふたことめには、店長、店長、って」

いやな間があいた。冷蔵ケースの作動音が聞こえそうだった。奥の壁に飾ったクリスマスデコレーションが、強くしている換気に揺られていた。

「やっぱり、いちいち、いい合いになっちゃうんだな」

拓也は、おちついた声で続けた。

「おれは子どもが心配で、店をほっぽらかしちゃった。それはやっぱり、悪いと思ったんだ」

「ただ、拓《たっ》くんに、いてほしかっただけ。あたしの心配を聞いてほしかったの。でも相手にしてくれないと思って、不安はみな、知り合いにメッセージしたのよ。そのどこがいけないの」

「それがめぐりめぐって、どういう結果になったか、まだわかんないのか。だいたい、おれのことをもう『拓《たっ》くん』っていうなよ。おれたち関係ないじゃないか。なんでいまさらおれが、あんたの家にいなくちゃいけないんだ、そもそも別れようっていい出したのはそっちじゃ――」

「やめて！」

晴海は叫んだ。と同時に、店でどなるの、二回目だっけ、と思った。そして、おだやかに、いいなおした。

「そういうお話は、よそでしましょう」

拓也は頭をかいた。

「いかん、最低だな、ごめん店長」

「店長っていうと、また叱られるわよ」

そのやりとりを聞いて、拓也の元の妻は、晴海をにらみつけた。

「店長さん、ずいぶん失礼なことをいうのね」

「あら、失礼なのは、そちらさまじゃないんですか。緊急の状況だったからって、うちの店に影響が出かねないような拡散をするなんて。感染のことって、はっきりするまでは大騒ぎしないものではありませんか？　お店が損害を受けたといって出るところへ出てもいいんですよ」

すかさず谷下が、タブレットを手にしていった。

「どこへ出ればいいか、調べますか」

しかし、拓也の元妻は下を向いて、くくっと笑った。

「この店にきてよくわかった。店長って人がこんな子だとは思わなかったわよ。生意気で拓《たっ》くんに似てるんだ。よかったね拓《たっ》くん、気の合う女の子やお友だちと、楽しくお店がやれて」

突然、彼女の腕を拓也が乱暴につかみ、激しく揺さぶって顔を上げさせた。驚いたのはむしろ晴海で、止めようとまた、大声を出しかけた。

レジスターが大きな音をたてた。

三人は息をのんでそちらを見た。谷下だった。彼は静かに、しかしはっきりといった。

「ぼくはシェフのお友だちじゃないです」

晴海は場をなごませようとして、いそいで「子分よね」と冗談をいった。

誰も笑わなかった。

谷下は、いま叩きつけるように開閉してしまったレジスターをそっと調べた。自動支払機を早く導入したかった。店がもっと順調なら——彼は、レジスターを立ち上げ直しながら話し続けた。

「われわれは、お友だち同士で遊んでいるのではありません」

そういって小銭をレジに補給する谷下を、晴海は見た。そして、さっきから彼女にいってみたくてたまらなくなっていたことを、思わず口にした。

「あの、奥さまはいま、フルタイムでお勤めなんでしょうか」

なにをいい出すのかとこちらを見た拓也の視線を避けながら、晴海はていねいにいった。

「もしあいているお時間があったら、このお店のお仕事、お手伝いしていただけませんかしら」

拓也の元妻はすっかり毒気を抜かれて、晴海をぼんやりと見た。

「楽しい仕事かどうかは、むずかしいな、けっこうきついかも——時給も安いですよ。でも、やってみたくなったらいつでも連絡してください」

返事はなかった。彼女は突然きびすを返し、走り出るように店を出ていった。とり残されるかたちになった拓也は、扉のほうと店内をきょろきょろ見て、つまさきで床をけった。

「おれがせっかく連れてきたのに、なんかさぁ、話がちがうことになっちゃったじゃん」

「ちがわないわ。わたしだって怖いわよ。つぎはどうなるのって想像しただけでも、おかしくなりそう。心配でたまらないわ。奥さんが眠れないっていうの、すごくわかる。わたしと同じ気持ちの人がいるんだって、うれしかったくらい」

「そんなもんかなあ――おれは今回の件じゃ、許せないんだけど、あいつのこと」

「奥さんはね、敏感な人なんだよ。意識も高くて情報もたくさん集めているんだと思う。だから逆にすぐ、あふれそうになっちゃうの。奥さんね、ひょっとしたら泣きたかったのかもしれない。みんなに見守ってもらって」

「そんなもんかな」

「そんなもんです」

と応じたのは、冷蔵ケースの後扉を開けて中を整えていた谷下だった。扉を閉じると、しゃがんだまま顔を見せず、ショーケースの後ろからいった。

「いま、思いきり泣いたり叫んだりしたい人って、けっこういるんじゃないですかね。なにか訴えたいからじゃなくて、慰めてほしいんですよ。いいんだよ、わかるよって、気の合う人にいってほしいんです。でもいまは、たとえ気心の知れた人がいても、すぐそばで話してもらったり、触れてもらったりすることはできないです」

「そうよ、そうだわ」

晴海はうなずいた。

「わたし、ほんとうはね、なんとなくこの店にいたいだけなの。シェフと谷下さんの仕事ぶりを見ていれば満足なの。そのようすが、わたしの心に触れてくるし、がちゃがちゃいう音が、わたしを慰めてくれるから。見てるだけじゃ悪いから、役に立てるように、むきになって手伝ってる感じなんだよ。そうしていることで、わたしの気持ちも、どこかへ届いている気がするの。わたしはただ料理を売っているだけなんだけど、それが新型ウイルスを退治することに、わずかにでもつながってくれないかなって――わたしだって泣きたくなるわよ。世の中がこんなふうになっちゃうなんて、考えたことある？　ウイルスと共存する、みたいなこともいうけど、そんなの、わたしはいや」

「うん、そんなに深刻になるなよ。なあ、おれや谷ちゃんじゃ慰めにならんだろうけど、店長さ、泣きたかったらまた泣いていいよ」

「あら〝また〟って、わたしがいつ、ここで泣きましたっけ？」

「いや、それはさ――」

「いいかげんなことをいうと、承知しないわよ」

「くそ、よくわかんなくなってきたな。それはともかくさ、ありえないだろうけど、もしあいつがいまの仕事やめて、ここでやるなんていいだしたら、どうするよ」

「もちろん歓迎するわ。そのかわり店長に口ごたえは禁止って伝えといてね。でもこの店にしばらくいたら、あの人、もっと楽になれる気がする」

晴海は拓也をちらりと見ていった。拓也は、つまさきで床をけるのをやめ、立たされ坊主のようにもじもじしていた。

そんな姿を見て、晴海は一瞬、身体が熱くなるのを感じた。

「なあ店長」と、拓也がおずおずと声をかけた。「じゃなくて晴海さん、出るところへ出るっていったけど、警察に相談したりするのかな」

「なによ、急に名前で呼んだりして。それでお客さんが増えるわけがないし、そんなひまないわ。さあ、早く奥さんを送りにいってあげなさい」

そこで拓也は、大急ぎで店を出ていった。

その間に、クリスマスの飾りつけが換気でばたつくのを直していた谷下が、晴海のところへきて、こういった。

「途中までは、塩を撒《ま》かなきゃならんかな、くらいに思ってたんですけど、盛り塩にしたほうがいいですかね、この場合は」

「あら谷下さん、もの知りね。でも、うちはフランス料理だから関係ないんじゃない、そういうのは」

晴海はひとしきり谷下と笑った。そして、

「わたしが、あの人を『奥さん』といっているのを、誰も訂正しないのね」

と、聞こえないほど小さな声でつぶやいた。

＊

晴海は、むかっ腹をたてながら、ジャケットとスカートの引きつれを引っぱった。着なくなって、さほど月日がたったとも思えないのに、会社へ着ていっていた濃いグレーのスーツが、驚くほどきつくなっていた。

〝おかしいわ、どうして太ったの？　お店の仕事がたいへんで、むしろ痩《や》せたはずなのに。筋肉がついちゃったのかな——あ、試食のせいかも！　わたし、食べてばかりいるじゃない！〟

コートを手に本部長室から出てきた晴海は、ため息をつくと、マスク姿でディスプレイに向かう何人かの社員に目礼した。在宅勤務者が多いらしく、空席が目立った。こちらに手をふって立ち上がったのが、同じ部署だった女性社員だと気づいた。

クリスマス連休が明けたこの日、晴海が勤めていた会社には、社内を行き来する社員の姿も、来客受付を訪ねる人も、少なかった。晴海がいたころは暮れがおしつまっても騒がしかった営業部も、静かにちがいない。世間にリモートワークが定着したからなのか、オフィスに機器を売るこの会社の事業そのものが不振なのか、晴海にはわかりかねた。とはいえ、かつての歳末の活気がない社内は、人ごとでない気持ちで、さびしく感じた。

「パリのお惣菜・キャトルセゾン」のクリスマスもまた、静かに終わっていた。

客の数は、思うようには戻らなかった。その原因が、ネット上の噂のせいだったかどうかは結局のところわからず、証明する手だてもなかった。

もっとも晴海は、そのことにはもうこだわっていなかった。せっかく伸ばせた集客をだめにしたのは、二週間も休業した自分の責任だと思った。もちろん判断は間違いでなかったと確信してもいたが、とにかくいまは、拓也と谷下が店のことだけに集中できる営業形態を、なんとか構築したかった。

やりたいと思っていたクリスマス向けのテイクアウト商品は、思うようには作れなかった。もっとも、客が激減していたから、作っても売れなかっただろうが。

そのかわり、というほどでもなかったが、数をごく限って予約を募ったクリスマスケーキが、やや高めの価格設定にもかかわらず人気だった。あの村上さんの奥さんから「おたくではクリスマスケーキはお作りにならないわよね」という電話を受けた拓也が「ご希望なら特別に作りますよ」と応じたことから、商品化するといい出したのだった。「おれのケーキで、ぼってやろうと思ってさ」と冗談をいいながら、拓也はクリスマス直前はほとんど昼夜なく厨房で、料理のほかに、予約客の希望をすこしずつい れたケーキを、谷下にも手伝わせていくつか作った。

クリスマス連休は通して営業し、明けてきょう月曜の定休日だけ休み、年末年始はまた休まず開店と決めていた。さすがにきょうは拓也も谷下も、まだ寝ているだろう。

そしていま晴海ひとり、かつて勤めた会社をスーツ姿で訪れているのだった。


晴海が退職するとき呼ばれた、営業本部長との面談を設定したのは、意外なことに叔父の圭一だった。

「晴海がときどき話していた、本部長って人に会ってこいよ、連絡して事情を話したら、晴海に会いたいといっていたぞ」

そういわれて、晴海は青くなった。

「圭一叔父さん、事情ってまさか、お店を年内で閉めるつもりなの」

「いやそれはない。店はまだこれからと思っているさ。それはいいが、なにしろ感染の先行きが見えないだろ。晴海があまり頑張りすぎるんで心配になったんだ。休業あけからこのところ、休まず店にいってるじゃないか」

「だって、まだ結果が出せてないもの。この年末年始は、ある程度なら、お出かけしてもいいって状況になってきてるじゃない。商店会は歳末セールと初売りに期待しているし、うちの店も心機一転のつもりでいるの」

「時機を読んで商売するのも大事だけどな、体をこわしちゃ意味ないぞ。おれはね、年末年始に人出が増えると、また感染がぶり返すんじゃないかと思ってるんだ。無理し続けてる晴海が感染するんじゃないかって心配なんだよ。ここまで、よく頑張ってくれて、ひと区切りつけてもいいかと――」

「それって、もうクビになるってこと？　つまりわたしじゃ、はじめっから力不足だったってことなのね」

「そんなふうにとるなよ。そりゃあ好調とはいえんが、晴海は大健闘だよ。でもな、やっぱり寄らば大樹のなんとかっていうだろう。いまなら晴海がもとの会社に戻れるんなら、なおさらだ。やめた会社の重役が直接会ってくれるというんだから、顔はつないでおくといい」

晴海は、圭一をじろりと見た。

「叔父さんって、つくづくサラリーマン根性が身にしみついているんだね」

「な、なんだって」

「あの店はね、圭一叔父さんたちのためだけのお店じゃなくなってるの。新型ウイルスに壊されちゃった世の中の影響はさほどひどく受けずに、勤めさきをまあまあ無難に卒業できそうなお気楽定年おじさんたちに、たまり場を作ってあげようってんじゃないんだよ、わたしたちは」

〝ほら晴海、あんたの得意技を思い出しなよ、相手がいやな気分になるいいかたを〟

「圭一叔父さんは、あの店がとても大切だって顔をするけど、こんなご時世だし、うまくいかなきゃつぶせばいいんでしょう。晴海はもとの会社に戻しとけば文句ないだろって」

「おれはな、晴海のためを思って、いろいろやってるんだぞ」

「そういうのを、よけいなお世話っていうんだよ。叔父さんの気持ちはありがたいし、オーナーさんみんなで閉店を決めちゃうんなら、しかたないわ。でもわたしはね、お店のスタッフや街の人たちといっしょに、これからさき自分はどんな人間になっていくんだろうって、確かめたいんだよ。わたしは、まだまだダメなんだから――あのお店は、未来が見えなくなっちゃってるいまの世の中を進んでいく、わたしの船なの。いくら船長でございっていばっても、シェフと谷下さんがいなかったら進まないんだけど、だからこそ、こんな時代が続くなら、わたしはあの船に乗っていたいの」

「だけど、沈みそうなんだぞ、晴海の船は」

「あら、船というのは、もののたとえよ。ビジネスはビジネスだわ。叔父さん、ほんとうは利益目標も日限も切られているんでしょう。レストラン再開の中継役が果たせないと決まったら、すぐ数字をあげて申し渡してよ。そのときはじたばたしないから」

「あ、ああ、それはそうだが」

「本部長には連絡して会ってくるわ。叔父さんの顔がつぶれないように」

「晴海、圭一さんをやっつけるのはそれくらいにして、紅茶をいれるから手伝ってくれる？」

と、叔母がキッチンから声をかけた。

「うん、いいよ。お店のお菓子があるわよ。圭一叔父さん、かなりへこんだろうから、このくらいにしといてあげる」

それを聞いて、いかにも参ったという顔で苦笑した圭一を思い出しながら、晴海は毎日通勤していた会社を訪ねた。そして、あの本部長と再会し、話を終えてきたところだった。

＊

「じゃあ、きょうは店の中間報告っていうことだったのか」

本部長はデスクの上に置いたティッシュペーパーの箱から一枚とり、鼻の下を拭いた。やや不満そうな顔だった。

本部長、また太ったんじゃないかな。わたしも人のことはいえないけどさ――と晴海は思った。

「ええ、なかなかきびしいですが頑張っていると、お世話になった本部長に直接お伝えしたくて」

「きみの叔父さんが頼んできた話とは、ちがってたがな」

本部長室に招き入れられたときから、晴海は、おかしな雰囲気に気づいていた。営業本部長のほかに、彼と同年配らしい社員がふたりいて、役員か、どこかの部長にちがいなかったが、本部長が紹介しないのを、晴海は変だと思った。

なのに「きみ、営業部のとき管理担当を怒鳴りつけたんだってな」と、ひとりがいきなり訊ねてきた。

「あれは、どういうことだったんだい」

晴海は露骨に顔をしかめ、しかたなく答えた。

「怒鳴りつけたんじゃありません。配送の数字に大きなミスがあって、お客さまのお叱りを受けたので、指摘しにいっただけです」

「いや、けっこうハデに立ち回ったそうじゃないか」

晴海は、ますますいやな顔をした。

「いまどうされてるか知りませんが、そのときの管理担当とやらが出てきて、社長に直結の自分にたて突くのかみたいな、話がずれてることを偉そうにいったんです。配送ミスの話をしているのに、いちいち社長を持ち出すんですか、じゃあ社長が直接お客さまにお詫びにいくように、いまから社長室にいきます、っていってやったら騒ぎになっちゃって」

三人は痛快そうに顔を見合わせた。晴海を囲むかたちで座っていた応接ソファから立ち上がった営業本部長は、自分のデスクに坐りなおしていった。

「戻ってきたら、もとの営業というわけにもいかんから、しばらく総務にいてもらおう。その後で秘書室勤務、いいね」

なあんだ――と晴海は思った。

〝再雇用するからって、恩を売ってるつもり？　わたしをどうするのよ、社内政治のための手先かしら、下っぱの。やめるときは話のわかるこの本部長にひいきにしてもらってた、みたいに思ったけどさ。うちの商店街なんて、感染状況はどうなるのか、このまま落ち着くのか、それともつぎつぎに変異種が暴れるんだろうかって、みんな心配してるんだよ。思いつくかぎりの手でなんとか商売しているのに、ずいぶん余裕ね、あなたがたは〟

晴海は、いきなり店の話をはじめた。

三人が口をはさもうとすると、かぶせるように話を続けた。かつていくらでも繰り出せた長広舌が、ひさびさに続いた。

レストランで出していた料理をそのままテイクアウトメニューにしても、レストランで食べる味にならない。持ち帰る時間のせいなのか、店と家では雰囲気がちがうだけなのか。苦労したが、たとえ解決できても売れる商品になるとは限らなかった。親しみやすく買いやすいメニューも発案しなければならなかったが、休業日にデパートの地下デリやスーパーの惣菜売場を見にいったくらいでは、新しいアイデアはなかなか浮かばなかった。

除菌や清掃は、どれほど面倒でも徹底したので、日々の作業負担は大きかった。あの臨時休業騒ぎは、店舗管理に問題があったせいではまったくなかったのだが、再開さえすれば安心というわけにはいかなかった。店の雰囲気が持ち帰り専門店らしくない感じなのは不満だったが、レストランに戻すことが前提だから、改装しないままでがまんしなければならなかった。

それでもシェフが腕をふるった料理の匂いが温かく広がり、「これ作りたてよね」と客が喜んで買っていくとうれしかった。マスクしたどうし、まなざしで知り合っていく人たちと、すこしずつ話題がほぐれていくのも楽しかった。自分のことで客から冗談をいわれたり突っ込まれたりするのが、不快どころかうれしいくらいだった。

不満そうに聞いている重役たちに一方的に話しながら、晴海はふと、涙がこみあげてきていることに気づいた。

〝わたし最近どうしちゃったんだろう、子どものころから、めったなことじゃ泣かなかったのに〟

そのまま泣いてしまわないよう、晴海はいっそう馬力をかけて話しまくった。

〝お店の仕事に戻ったら、こんどこそ、よけいなおしゃべりは封印するわ。だからこれは置き土産よ。あら、そういえばなにかお店の品でほんとの手土産を持ってくるの、忘れちゃった〟

そんな晴海の長話が終わったところで、あっけにとられた顔をした本部長は、こういったのだった。

「じゃあ、きょうは店の中間報告っていうことだったのか」


かつて同じ部署だった女子社員が席を立ってきて、晴海にいった。

「あなたに、お届けものがあるって、配送の人が来たところよ」

晴海は首をひねった。

「わたしに？　ここに来てるのは、家の者しか知らないはずだけど」

「このフロアの小会議室、おぼえてるわよね。そこで渡すのを待ってもらってる。部屋は午後まで空いてるから、使って」

「ごめんなさい、よけいなご面倒をかけて。何だろうな、届けものって」

その社員も「さあ」といいながら、あらためてしげしげと晴海を見た。

「なあに、そんなに見てどうしたの――そっか、わたしデブったでしょ、最低よね」

「そうじゃないの、あなたのこと、会社にいたときはぜんぜんわかってなかったなって。わたし、あなたがうらやましいのよ」

晴海は、静かに笑ってうなずいた。そして会議室へ急いだ。

窓が広く見晴らしがよくて、「小」とはいえない広さの会議室は、ドアを開けるのに力が必要だった。強い換気がされていた。

「あら！」

と、晴海はびっくりして声をあげた。窓ガラスにへばりつくようにして、めずらしそうに外を見ていたのは、拓也だった。

「シェフ！　よく入れたわね」

「携帯に出ないんで、オーナーに電話してみたら、ここの重役に面会にいってるっていうからさ。受付で待たされるもんだと思ったら、会議弁当のデリバリーかなんかに見えたのかね、直接、持ってけってさ。あれでセキュリティ、だいじょうぶなのかよ」

もっさりしたパーカに、うす汚れたオレンジ色のダウンベストを重ね着した拓也は、面白そうにいった。テーブルの上には、大きな白い紙の手提げ袋が置かれていた。

ボタン操作のシェードを動かしてみながら、拓也はいった。

「店長って、すごい会社に勤めてたんだね、ここ、眺めがよくって」

「たいしたことないわよ、こんな会社。シェフだって、前にいたホテルレストランは五〇階とか六〇階にあったでしょうに」

拓也は笑った。

「そんな高いとこにはないって。作るばっかしで窓の外なんて見たことなかったし。それよか、これ持ってきたんだ、開けてみてよ。おっと、気をつけて」

開けてみてといった拓也が、自分で袋から静かに紙箱を出し、ゆっくり大きく開いた。

「うわあ！」

思わず晴海は叫んだ。

ブッシュ・ド・ノエル――晴海の大好きな、フランスのクリスマスケーキが現われた。

一本のロールケーキを、その昔クリスマスに焚き続けたという縁起ものの薪に見立て、チョコレートクリームなどで木に見えるよう仕上げる。そこにサンタクロースやトナカイの小さな人形や、クッキーの家などを飾ったケーキだ。

フランスでは、人気のパティシエたちが大胆な解釈で作った新趣向のブッシュ・ド・ノエルが注目を集めているが、拓也が持ってきたものには、新奇なところはなかった。しかしよく目をこらすと、日本の伝統工芸のような繊細な細工がほどこされているのだった。

そもそも拓也のロールケーキは、薪そのものに見えた。ふつうはチョコレートクリームを線のように絞ったり、ケーキに塗ったチョコレートの表面にフォークなどで筋をつけたりして似せるところを、拓也は、あらかじめ層状に貼り合わせたチョコレートピースを表面にさらに貼り並べ、針葉樹の幹のようなテクスチャーを作っているのだった。薄く丸まったり針のように削られたりした、キャラメルやホワイトチョコのスライスをまわりに散らしたのは、薪に切ったときの木屑ということだろうか。薪の切り口つまりロールケーキの両端も、ほんとうの年輪のような渦になっていた。より薄く焼いた生地を巻いているからだ。

驚きはそれだけではなかった。冬の庭で枯枝を絡《から》み合わせたガーデントンネルのように、網のようなものがケーキの上に乗っていて、端から反対側が見えた。シュクルフィレ――砂糖で作る糸飴を、網状にしてドームのように乗せたのだ。枝に残った枯葉のように、なにかがあしらってあり、ほんのりと色があるのがいい。

「ナッツとクランベリーのスライスしたやつを散らしたんだけど、この、ヤブみたいのが壊れやすいのが失敗だったな、持ってくる間にここらへん、ちょっとへこんじゃった」

と、拓也はいいながら、パウダーシェーカーを出した。

「これ以上なんか乗せると崩れるかもと思ったんで、この場をお借りして雪を降らしてみるわ。壊れたらごめんってことで」

話しているうちに、ケーキに粉糖の雪が舞いはじめた。晴海は息を止め、ケーキが置かれた会議テーブルに身を乗り出して、糸飴のガーデントンネルの端をのぞいた。なんとトンネルのなかに、チョコレートでできた小さな男の子と女の子がいた。会議室の窓からくる光に向かって、シルエットとなって灌木の道を出ていこうとしているのだった。

「わあ、これヘンゼルとグレーテルなの？　いえ、待って――わたしこの感じ、なにかの写真で見た気がする」

「まったく店長って、知らないことがないんだから困るな。はい、有名な写真からパクりました、すいません」

「すいませんじゃないわよ、シェフ、これ芸術品じゃない。こんなすばらしいケーキ、いただいていいの？」

「ほしけりゃどうぞ。こんだけ壊れやすくちゃ売れないわ。いや、商品のつもりじゃなくてさ、店長はチョコレートのデザートが好きみたいだったから、こういうのを見せたくて。クリスマスの前は客のぶんを作るんで忙しかったし、クリスマスの後で日数がたっちゃうとシラケるんで、作るならいましかないと思ったんだ」

晴海はスマートフォンでせわしく写真を撮りながら「持って帰るあいだに、もっと壊れちゃうわ」といった。

「いいって、ここで見て楽しんだら、ガバッと切って食べりゃいいのよ、うまくてナンボのもんだから」

「でも、食べるのがもったいないというのは、こういうのをいうのよ」

拓也は、にやりとした。

「だからさ、ちょっとはリベンジになったかなって、あのコースメニューのデザートのさ」

晴海は赤くなって、写真を撮る手をとめた。

「もう！　シェフがへたくそだとはいわなかったじゃない！　あら、そんな雑に戻しちゃだめよ」

適当にケーキを箱に入れ直そうとした拓也に、晴海はあわてて注意した。

「芸術品じゃないよ、あくまで菓子だ。芸術のつもりで料理作ったことなんかない――ないけどさ、料理が芸術だっていうのは、ちょっとあってね、わかる？」

「わからないよ、どういうこと」

「たぶんおれらが生まれる前の映画だけど、女のフランス料理のシェフが、自分は芸術家だっていう映画を、見せられたことがあってさ」

「それなら知ってる。『バベットの晩餐会』でしょう」

「それも知ってたか」

「フランス革命の時代に、パリの一流レストランの女性シェフが、夫も息子も体制派に殺されて、北欧の村に逃げてきた話だったかな」

「そいつがバベットってんだけど、厳格な牧師に育てられた二人の娘のお手伝いさんになってさ、干し魚のビール煮みたいな地元の質素な料理ばっかし作らされるんだ。ところがあるとき、宝くじを当ててね」

「懸賞金でフランスから高級材料を取り寄せて、かつて作った、すばらしいディナーを村人たちに出して、幸せにしてあげる話だったよね」

拓也は、すぐにはうなずかなかった。窓のほうをふり返ると、そのままいった。

「おれさ、料理人になりたくて調理の専門学校にいったわけじゃないんだ」

「あら、そうだったの」

「実家は飲食店じゃないし、服飾だとかなんだとか、専門学校をやたら受けたなかから、なんとなく調理師の学校にしたんだ」

「それなら、あなただって宝くじを当てたようなものじゃない」と晴海はいった。「料理の学校へいったからこそ、一流のシェフになったんだもの」

拓也は窓辺にいって、下界の雑然とした都心風景を、また眺めた。

「どうかな、学校でその映画を見せられるまでは、遊び呆けてましたね」

「料理で人を幸福にできると知って、本気を出そうと思ったんだね」

「いや、あの映画さ、原作はかならずしもそういう話じゃないんだ。バベットは、田舎の人たちが一生にいちども食べられないような最高級のフランス料理を作るために、宝くじの賞金を全部使っちゃって、二度とパリへ帰れなくなるんだよ。だから雇い主の姉妹が、晩餐会はうれしかったけど、お金をわたしたちのために全部使うなんて、っていうわけ。ところがバベットはね、この料理は、あなたたちのためにしたことじゃない、みたいにいうのよ。自分は芸術家で、芸術家はいつも最善を尽くしたい、その機会がほしいと願い続けていて、機会があったからやったんです、みたいな感じなんだよな」

「そうなの——その晩餐会に、若いとき主人公姉妹のどちらかを好きだったけど結婚を申し込めなかった、老将軍が来なかったっけ」

「そいつだけが、バベットの料理の完璧さもワインの銘柄も、みんなわかるんだよ。そんでディナーが終わったとき、好きだった姉のほうに、もういっしょにはなれないけど、自分の心は永遠にそばにいるって告白するんだ。ふたりとも年寄りになってるんだけどね」

「芸術家が作る料理には、心を真実に向かって開かせる力があって、いえなかった大切なことをいわせてくれるってことね」

「そんな難しいことは考えられなかったし、いまもよくわかんないな。調理師でも芸術家になれて、そういうやつが作る料理って、ふつうの人にも芸術ってこういうものかとわかる、ってくらいかな。おれって単純なもんで、その映画を見ちゃったら、フランス料理しかないぜって」

ケーキを箱に戻し、組み立て直した箱を紙バッグに入れた拓也は話をきり上げ、「じゃあいこうか」とマスクを直した。ふだん拓也からは聞けそうにない話だったので、もっと聞いていたかったが、これ以上は社内にいたくもなく、晴海は会議室の礼をいいにいき、また戻ってきた。

「店長はこの会社にまた勤めるんだよね」

拓也が、それとなく訊ねた。

「まさか」と晴海は笑った。「社員だったとき、お世話になった人に、ちょっと挨拶に来ただけ」

「ふうん、オーナーに電話して、ここの会社にいってるっていわれたとき、店長はどうすんだろ、店は閉めるんかなあって。その電話では聞けなくて、心配になっちゃって」

「お店がきびしいことに変わりはないよ。感染だって、どうなるか予想もつかないじゃない。ふつうに出歩いている人はいるけど、このままだと年明けにまた、自粛だ時短だってことになるかもだしね、いつも崖っぷちよ。でも閉店とはっきり決まるまでは、わたしは絶対にあきらめないわ」

拓也は、エントランスを出たところで晴海にケーキの箱が入った紙袋を渡すと、小走りに近くの植え込みへいき、そこに停めてあった、あの汚い自転車を押してきた。

晴海は驚いて「まさか、お店からここまで、自転車で来たんじゃないでしょうね」と訊ねた。

「そうだよ」

と、拓也はこともなげに答えた。

「ケーキが壊れないように走んなきゃいけないし、店長がここにいなかったらどうしようって思ったけどさ。でも、店から都心って思ったより近いな。観光にもなった。新鮮だよ、料理を作ってばかりで、東京をよく見たことがなかったんだ」

「危ないじゃない、こんな大きなものを持って、自転車なんて」

「人との接触を避けたかったら自転車しかないよ。こんどはシェフ本人が感染疑惑なんて、シャレになんないだろ」

それを聞いて晴海は、つい訊ねてしまった。

「ご家族は元気にしているの」

拓也は一瞬、複雑な表情をしたが、すぐにうなずいた。

「ああ、おかげさまで気をつけてやってるみたいだ」

「シェフはなぜ、奥さんと別れることになったの。娘さんもいるのに。とてもきれいな人ね、シェフのファンだったんですってね」

つぎつぎと口をついて出た問いに、晴海はあわてて「ごめんなさい、よけいなことを聞いて」といい足した。

青山通りに面した広場は、閑散としていた。冬の弱い日差しのなかを、肌寒い空気がすっきりと通り抜けていくのが、心地よかった。

「たしかにホテルレストランのお客さんだったんだけど、おれがオープンキッチンで調理してるところを見るために来るようなお姉さんがたとは、ちょっとちがってたんだ」

そう拓也は、説明しだした。

「はじめて来たときは女子会のピンチヒッターかなんかで、ちょっとまわりの女の人たちとちがう感じが気になってさ。つき合いだして、すぐ子どもができちゃった。おれ、せっかちなんだろうな」

ばか、いい歳して、どうして赤くなるの——晴海は、そっと自分をののしった。そんな晴海には気づかない様子で、拓也は続けた。

「迷惑かけちゃった病院騒ぎで、わかったと思うけど、おれ、娘がかわいいんだ。子どもが好きなんだよ。だから子どもができて『どうするの』っていわれたとき、結婚するっていったんだ」

「お似合いのカップルだと思ったけど」

「店長らしくないな、そのいいかたは。店に連れてきたとき、すぐ気づいたでしょ。ああいう、なにより自分のことが大事ってタイプと、おれみたいな甘ちゃんのワガママ野郎が、うまくいくはずがないってこと。ただ娘のことは悩みどころなんだ。まだ理解できないだろうから離婚したっていってないし、おれが引きとりたいんだけど、そうもいかなくて」

青山通りから広場に車を寄せてきたタクシーが、軽くクラクションを鳴らした。拓也は、また話を途中で切り上げ、晴海にいった。

「ほら、乗りませんかっていってるよ。いまタクシーも大変だよな、おれは店に戻るわ、かたづけが残ってるから」

「わたしも後でいく」

「いや、きょうは休んで、家でそのケーキ食べてよ。店長の帰りは、タクシーと電車と、どっちが安全かなあ、どっちにしてもスリルだよね」

「いま、そういう悪い冗談はだめよ。そんなことをいうんだったら、シェフの自転車に乗せてってよ」

「だめだめ、都心で二人乗りなんかしたら、すぐ捕まっちゃうし」

いうなり拓也は、自転車レースのように背中を丸め、思い切りペダルを踏んで、青山通りを渋谷方面へ走り去っていった。

あれじゃたしかに、お弁当のデリバリーだわ、と晴海が思っていると、自転車は先のほうで急停車し、向きを変えて、また全速力で戻ってきた。スクエアに突っ込んできた拓也は、晴海の目の前で、いまにも壊れそうな古自転車を急ターンさせると、マスクをつまみあげ、荒い息をつきながらいった。

「映画のディナーコースのさ、メインがなんだったか、おぼえてる？」

「『バベットの晩餐会』の？　いいえ、忘れちゃった」

「ウズラの石棺ふうパイ詰め、って料理なんだ。料理の芸術家であるバベットが料理人をしてた、パリの高級店の看板料理って設定なんだ」

「あ、ウズラの頭と足がパイから突き出てた、あの料理ね」

「ひと皿ずつ、パイにフォアグラと黒トリュフを巻き込んだウズラを仕込んでさ、オーブンすんだな。ソースはデミグラスで、トリュフも入って、マデイラかコニャックをフランベしてんだ」

「すごい高級料理ね、映画が配信かＤＶＤで見られたら、また見てみる」

「いや、それよか店長さ、そんな料理、食いたい？」

「え？」

「なんか最近のおれ、そういう料理って、値段がはるだけの全部盛りじゃんって気がするようになってさ。ああいうのが芸術なのかもしれないけどね。だいたいおれって、フォアグラもトリュフもあんまり好きじゃないし、まして、死んだトリの首が飛び出てる棺桶料理なんて、怖くて作れないわ。いまそんなもん作ったら、めちゃ縁起悪いしな」

「でも、すばらしい食材を使って、グルメのお客さまたちを感動させてたのが、シェフだったじゃない」

「最近どうも自分が変わったみたいでさ。このさいだけど、チョコレートもどちらかといえば苦手なんだよね」

「あら！」

「おれ、料理人のくせに食べものの好ききらいがけっこうあって、店長にいっておきたかったんだけど、なかなかいえなくて」

「たしかに偏食のシェフっていうのは、ちょっとしまらないわね」

晴海が笑いながらいうと、拓也も笑った。

「おかしいな、いえなかったことをいっちゃったけど、あんまり気分が変わんないな」

「気にするほどのことじゃないって、もともとわかってたからよ。チョコレートが好きでたまらない人がチョコでお菓子を作ったら、シェフより手がこんでて、もっとおいしいものを作るかといったら、ちがうでしょ。シェフが気にしなきゃいけないことは、チョコレートじゃなくて、べつのことだわ」

拓也は自転車に乗ったまま「さあ、よくわからないな」とつぶやいた。

「フランス料理に対する考えが変わった感じがするんでしょ。テイクアウトの店で調理するようになったからよ。お惣菜をいちどにたくさん作ったり、おつまみ風のおかずだとか、軽いお菓子を作ったりしたことが、レストランに戻ったときに、いい影響になっていればいいんだけど――わたしはね、あなたはやっぱり本格的なレストランシェフをすべき人だと思う。テイクアウトのお店が、このまま長引いちゃったらまずいなって思っているのよ。『レ・キャトル・セゾン』はかならず復活させるつもりだから」

拓也は、ブレーキレバーを握ったり放したりした。

「でもね、店長といまのテイクアウトをやってなかったら、そのケーキは作んなかったわ。チョコレートはそんなに好きじゃないし、ちょっと凝りすぎて苦労したけど、なんか、楽しいもんなんだなって――まあ、おれって雑誌やテレビで料理の説明するのも苦手だったし、いいたいことがうまくいえないんだけど」

「そうね、いわなくていい話もあると思う。でもね、いいたいと思うことがあるときは、はっきりいったほうがいいんだよ。わたしなんかじゃ説得力がないけど、たいせつな話を自分の中にしまい込んでいるとね、ウイルスにねらわれて、持っていかれちゃうんだよ。そして、からっぽになった自分は、島流しにあっちゃうの」

「それ、なんの話だ?」

「ううん、いいの。わたしの妄想! 早くお店に戻って、かたづけしてよ。年末年始は忙しいから、きょうはできるだけ休んでほしいわ」

拓也は「わからん」といいたそうに、おおげさに首をひねってみせたが、そのとたん思い切りペダルを踏みつけ、また遠ざかっていった。

混んでいる車の列を抜き去るほどの勢いで小さくなっていく拓也を見送った晴海は、反対方向にある地下鉄の駅に向かい、かつて通いなれた経路で帰宅することにした。

しかし晴海は立ち停まり、拓也の自転車が走り去った渋谷方面をふり返った。そして、声に出していってみた。

「シェフには笑われるだろうけど、これ持って、お店にいこうっと」

晴海は、ケーキの箱がはいった紙の手提げ袋を、そっと持ち上げた。

「これ食べるんだったら、わたし、お店の三人で食べたい」

クリスマスにばかり気をとられていたが、もっと早いうちに、フランス料理店ならではの、おせち料理を考えておく手があった。有名店の箱詰めの高級品はよくあるが、もっと手軽に、暮れから三が日にかけて、さまざまな年末年始向けフレンチを、お好みで買ってもらえるようにすればよかった。

〝うちのお店って「巣ごもり需要」とかいうのにぴったりだもの。いまからじゃ遅いかもだけど、なんとかできないかな。シェフなら日本のおせちふうのフランス料理だって作れそうだし〟

かつて会社の仕事が早く終わるとかならず立ち寄った、オーガニック化粧品の店や、ファッション、インテリアのセレクトショップが並ぶ一角を、晴海は足早に歩いていった。青山通りから道ひとつ折れて入れば、そこかしこにおしゃれなレストランや人気のカフェもある。そろそろランチタイムが始まるだろう。

ひさしぶりに来たついでに、いろいろな店を見て回るつもりだった晴海は、好きな店が集まる道への曲がり角を、すっかり忘れて通り過ぎた。そのまま地下鉄の入口へ急ぎ、ケーキ箱のはいった袋をたいせつそうに持ちかえると、階段を降りていった。

おかげで、人間のあらゆる不幸は、彼らが明瞭な言葉を
話さないところから来るのだということを、僕は悟った。

――アルベール・カミュ『ペスト』（一九四七／訳・宮崎嶺雄）

今夜こそわたしは悟ったのです。この美しい世界では、
すべてが可能なのだと

――イサク・ディーネセン『バベットの晩餐会』（一九五八／訳・桝田啓介）

三嶋靖（みしま・やすし）
雑誌・書籍の取材・編集にたずさわったのち退職。
著書に『木村伊兵衛と土門拳　写真とその生涯』。

水曜日と、木曜日のつぎの金曜日

2025年4月10日　第一刷発行

著　者――三嶋靖
発行者――小柳学
発行所――株式会社左右社
東京都渋谷区千駄ヶ谷3-55-12ヴィラパルテノンB1
TEL　03-5786-6030
FAX　03-5786-6032
https://www.sayusha.com

装丁――松田行正＋倉橋弘
印刷――株式会社シナノパブリッシングプレス

ISBN 978-4-86528-457-7